白色海岸

〔日〕福永令三 著
〔日〕三木由记子 绘
温桥 译

人民文学出版社
PEOPLE'S LITERATURE PUBLISHING HOUSE

著作权合同登记号　图字 01－2023－1707

KUREYON OUKOKU NO SHIROI NAGISA

图书在版编目(CIP)数据

白色海岸/(日)福永令三著；(日)三木由记子绘；温桥译. —北京：人民文学出版社，2024
　(蜡笔王国)
ISBN 978-7-02-018390-6

Ⅰ.①白…　Ⅱ.①福…　②三…　③温…　Ⅲ.①童话-作品集-日本-现代　Ⅳ.①I313.88

中国国家版本馆 CIP 数据核字(2023)第 227216 号

责任编辑　李　娜　杨　芹
封面设计　李苗苗

出版发行　人民文学出版社
社　　址　北京市朝内大街 166 号
邮政编码　100705

印　　制　杭州钱江彩色印务有限公司
经　　销　全国新华书店等

字　　数　93 千字
开　　本　787 毫米×1092 毫米　1/32
印　　张　7.125
版　　次　2024 年 1 月北京第 1 版
印　　次　2024 年 1 月第 1 次印刷

书　　号　978-7-02-018390-6
定　　价　42.00 元

如有印装质量问题，请与本社图书销售中心调换。电话：010－65233595

目 录

1.
喜欢煲电话粥的阿月

　　"华纳博士？沃纳博士？他的名字到底是什么呀？如果是华纳的话，那听起买有点儿像狼在'嗷呜嗷呜'地叫；如果是沃纳的话，又会给人一种朝气蓬勃的感觉，好像在喊'我的天哪，哎呀哎呀，嗨呦'。他的性格到底属于哪一种类型呀？"

　　"哪种都不是。沃纳先生是一个性格沉稳的人，一看就是一位英国绅士。走路的时候，他会紧紧地盯着自己的脚下。当然，这是他的工作，没什么好奇怪的。"

"他的工作什么时候结束？你问过他了吗？"

"问过了。不过，他把这个问题原封不动抛了回来。他问爸爸：'七町先生，你什么时候离开这里？我觉得这里没有需要你做的事情。'"

"哎呀，这人可真敢说呢！"阿月整个人都兴奋了起来，继续问道，"沃纳先生会说日语吗？"

"他当然是说英语啦。刚才那段话是爸爸翻译的。"

"那爸爸是怎么回答他的？"

"我的工作现在刚刚开始。这份工作需要很长很长的准备时间，以及详细周密的计划安排。"

"这句话肯定是用英语说的吧？你用英语说说看嘛！嘘——"在一旁等得不耐烦的妈妈正准备过来打断煲电话粥的阿月，阿月立刻出声制止了妈妈，"哇，爸爸的英语真棒。然后呢，他无话可说了吧？"

"才不是呢。他微笑着对爸爸说：'要不你也来给我打下手吧？这么一来，你或许能够成为世界第二厉害的贝壳博士。'"

"哦，这人可真不简单。"

"沃纳先生确实很厉害。他泡的咖啡也很好喝，就连国王都很喜欢那个味道。"

"那你们这个三角关系看来还要继续下去了。等一下，"阿月一边用手捂住话筒，一边叫了起来，"妈妈！帮我把豆子拿过来！"

"听到啦，听到啦。"说着，妈妈从厨房里拿出一个装着大豆的笸箩，放到了电话机旁。

"爸爸，来，把你今天的任务做一下。"阿月对着电话另一头下了一道指令。

"……"

"你不是应该说些什么的嘛。"

"……"

"哈哈哈，爸爸果然不知道。妈妈，爸爸果然不知道呢。我说啊，今天是几号呀？"

"二月四号。"话筒里传来了爸爸困惑的声音。

"那你就赶紧说呀，我还要撒豆子呢。"

"豆子？啊——原来是这件事啊，"阿月的爸爸这才意识到今天是节分①，"好嘞，那爸爸就在印度洋的这一头撒豆子啰。'把福留在屋里，把鬼赶到屋外。把福留在屋里，把鬼赶到屋外。'"

爸爸的吆喝声从一万千米以外的大洋彼岸传了过来。伴随着这道吆喝声，阿月和妈妈赶紧将豆子噼里啪啦地扔了出去。

"窸窸窣窣，窸窸窣窣。"阿月说。

"这是什么声音？"

"鬼走掉的声音。"

"我们家有这么多鬼啊？"

"是呀。体操服里有，在学校里给同学们分发营养午餐时穿的那件白色罩衫里也有，理科课本里有红鬼，算术课本里有一大堆青鬼。另外，牙齿里也有呢。"

"啊？"

---

① 节分是日本的传统节气之一，指立春的前一天。在这一天，人们会一边将豆子撒在戴着红鬼面具的人身上，一边喊着"把福留在屋里，把鬼赶到屋外"。

"我正在矫正牙齿呢，以后可不能像妈妈那样变成龅（bāo）牙。"

"阿月!"这已经是妈妈第三次忍不住出声提醒了。

"没关系，话费是对面付的。"

"爸爸付和我们付有什么区别?"说着，妈妈强行从阿月的手中夺过了话筒，"啊，喂喂，这里都在下雪。今天早上，水管冻住了，水都流不出来了。你那边几度? 啊? 二十八度。真让人羡慕。"

阿月的全名叫七町彩月。她的爸爸是一家建筑公司的工程师，因为精通英语，所以常年都在海外出差。先是东南亚，后来是非洲各国，现在又被派到了印度洋上赤道附近的一个小岛国。这次的工作任务是给岛上的王宫建造一座日式庭院。在当地工作期间，阿月的爸爸成了国王跟前的大红人。

那座小岛的四周环绕着一圈洁白无瑕的沙滩。一年四季，岛上鸟语花香，岛上的生活悠闲自在，让人有一种置身于人间天堂的感觉。不过，这位国王想的却是他们的发展太落后了，不是一个现代文明国家。因此，国王想在岛上建造那种几十层的高楼大厦、音响设备齐全的大剧院，以及可以让人尽情享受兜风乐趣的宽敞车道。

可是，那里既没有水泥厂，也没有炼铁厂。所有物资都需要从外国用船运过去，而这座美丽的小岛只有一个码头。码头的海湾只能容纳十艘左右的帆船。除此之外，全是一望无际的白色沙滩，只能看到一些称不上是海浪的小浪花"哗啦哗啦"地拍打着岸边。即使从海岸朝着大海的方向走上一百米的距离，那里碧绿清澈的珊瑚海也只有人的膝盖那么深。要想在这种地方建造一个可以停泊大型货船的港口，可真是一项大工程。

如果国王决定建造海港，那对阿月爸爸所在的这家建筑公司来说，无疑是一个天大的好消息。于是，公司总部任命这位七町工程师为海外企划部的部长助理，在日式庭院完工之后，让他独自留在岛上，继续游说国王。

哪怕只是作为聊天的对象，阿月的爸爸也称得上是一个诚实可靠、风趣幽默的人。因此，和阿月爸爸相处久了之后，国王便更加坚定了自己想要建造海港的决心。恰巧就在这个时候，一名叫作沃纳博士的生物学家为了研究贝壳，从英国搭乘一架小飞机来到了岛上。这位沃纳博士正是国王几年前在伦敦某大学留学时的恩师，国王还曾经寄宿在沃纳博士位于伦敦郊外的家中。

为了迎接沃纳博士，国王甚至举办了仪仗兵 ① 的阅兵仪式 ②。之后，沃纳博士很快就在酒店的一间客房里安顿了下来。他每天都会去沙滩捡贝壳，竟然一下子就发现了两个贝壳的新品种。

没过多久，这位博士便察觉到眼前这个年轻的日本人留在岛上的原因。他委婉地提醒国王说："真希望

① 仪仗兵是专门展示军队礼仪的武装士兵，也叫礼仪兵。
② 阅兵仪式是对行进的军队或列队士兵进行检阅的仪式。

这个像天堂一样美丽的海岛能够永远这样。如果这片白色海岸遭到破坏，那么无论是对贝壳、对我，还是对国王陛下乃至对整个地球来说，都会是一个重大的损失。”

被恩师这么一叮嘱，国王也感到有些为难。于是，国王把阿月爸爸叫到跟前，对他说：“我的决心没有改变。不过，沃纳博士在岛上的这段日子里，海港建造项目要亮红灯。我们就让他在沙滩上‘嚓嚓嚓’地挖贝壳吧。我们自己可以美美地享受午觉。”

可是，谁也没想到这场午觉竟然会越睡越长。因为沃纳博士彻底迷上了岛上的这片白色海岸，绝口不提启程回国的事情。

“这么说，你什么时候能回来，现在还完全没有头绪，对吧？”阿月妈妈在电话这头问道。

“这就要问沃纳博士了。”

“那你让沃纳博士来接电话。”妈妈打趣地说。爸爸立刻假装成沃纳博士，开始用英语叽里呱啦地说了起来。

"别闹了。真是让人头疼。你们父女俩简直就是一个德行。太浪费电话费了，我要挂了。"

"等等，"阿月一把夺过话筒，对爸爸说，"我还有一首歌没唱给你听呢。爸爸，你东西准备好了吗？我要唱了哦。"

阿月将话筒当作麦克风，开始唱起了一首时下流行的歌曲。她的调子抑扬顿挫，音色也很美。毕竟阿月的梦想就是成为一名歌手，然后上电视节目唱歌。迄今为止，爸爸不知道用磁带录下了多少支在日本的女儿从电话那头传来的歌声。在一个个难以入眠的热带海岛之夜，爸爸不知道有多少次一边听着这些磁带，一边思念远在日本的家人。

"怎么样，刚才那首歌？"

"曲子不错。"爸爸回答。

"曲子不错？那歌词呢？"

"歌词马马虎虎吧。"

"什么啊！你这个……"刚说到一半，阿月便把接下去的话咽了回云。她本来想说"你这个混蛋"，可现在妈妈就在身边。对妈妈来说，"混蛋"这两个字的冲击力实在太大了。于是，阿月换了一种语气说："爸爸，你完全不用急着回来。你就在白色海岸上好好享受午觉吧。睡他个四五年。"

"啊？"

"然后，爸爸终于要回日本了。等你一到成田机场，会发生什么事呢？一大堆人捧着花束来迎接你。还有很多摄影师。有女的在那里尖叫'七町先生——'。爸爸一边在心里想着，哎呀哎呀，我什么时候变得这么有名了，一边微笑着从舷梯上走下来。大家一拥而上。而我呢，就挤在这一群人中间。偶像明星七町彩月和她父亲时隔五年的重逢！"

"我要挂电话了！"爸爸叫了起来。

"好啦，拜拜。"

说完，阿月更挂断了电话。从她连句囫囵话都说不清楚的幼年开始，父女二人之间的对话就一直是以这种电话形式进行的。因此，阿月喜欢上煲电话粥，难道不是一件顺理成章的事情吗？

2.
考试机器屎尿多

"你去多闻天王①的节分庙会吧。那里会有很多福袋哦。庙会活动从六点开始，现在出门的话，时间刚刚好。"妈妈看着钟表上的时间说。

"好冷，好冷。外面不会还在下雪吧？"

"雪已经停了。"

这时，电话又"叮叮叮"地响了起来。妈妈抢先拿起了话筒："嗯，嗯。彩月，是菅原同学。"

"什么？是考试机器打来的？啊，喂喂，你说

———————————

① 多闻天王是佛教中的一位护法神，同时也是四大天王之一。

013

什么？”

“我的地图册应该在你那里，虽然那上面没有写我的名字。”电话另一头是阿月的同班同学菅原。虽然菅原同学是一个重达五十公斤的小胖子，但他的声音听起来像是那种又尖又细的女孩子的声音。

“为什么考试机器的地图册会在我这里？”

“因为你拿错了啊。”

“你怎么就这么肯定呢？我不可能拿错的。如果我拿错了东西，一定马上就会发现的。”

“可是除了你之外，其他人都不可能拿错啊。”

“亏你说得出来。那如果我找了之后，没有你的地图册呢？”

“那就是已经被你弄丢了。”

“我已经生气了。在怀疑别人之前，最好先去找找自己的抽屉……”

正在这个时候，妈妈从阿月的书包里找出了菅原同学口中所说的那本地图册。然后，妈妈就像是拿着一把手枪或日式鱼刀似的，从一旁将地图册用力地顶在了彩月的腰部。

"啊，我认输。对不起，找到了。"

"我就说嘛。那我现在过去拿。"

"明天不行吗？"

妈妈不容分说地抢过话筒，直接就把这件事给定了下来："真是不好意思。菅原同学，我现在就让彩月拿给你。"

"干吗？多管闲事。"阿月用自己的屁股顶着妈妈的屁股，将妈妈赶走了，"我现在要去多闻天王的节分庙会，准备去中一台彩色电视机回来。你就在多闻天王那里等我。"

阿月口中的"考试机器"全名叫菅原达人。在幼儿园里，两个人就是同班，现在上的又是同一个补习班。虽然考试机器人如其名，非常擅长考试，几乎每次都拿一百分，但无论是在学校还是在补习班，老师们都不喜欢他。因为每次考试，考试机器交卷都交得太早了。而且，在考试的时候，考试机器还会发挥他擅长的现场直播技能，说一些像下面这样的话：

"考试机器正在思考，正在努力思考，他还在继续思考。啊，他拿出铅笔了。考试机器燃起了斗志。他露出了一种不祥的冷笑。这是要刮起一场血雨腥风了吗？考试机器，啊，出现了，出现了，他终于使出了必杀技。最新'卍'字固定①。一记猛拳，威力惊人。难道……难道这位少年是一个天才吗？考试机器，急速飞行，一马当先。他好快！考试机器，马力惊人。离终点还有四道题目，三道题目，两道题目，一道题目。抵达终点，考试机器，又一次取得了胜利。啊，痛！（老师敲了一下他的头）让我们看看，第二名是谁？第一名和第二名之间已经拉开了很大一段距离。虽然差距巨大，不过还是让我们看看，第二名会是吉

---

① "卍"字固定是一种摔跤招式。

田同学吗？会是坂本吗？还是屠夫儿玉 ① 呢？（这个时候，他通常已经站在那里四处张望了）令人意外的是，本间同学，这个癞蛤蟆嘴本间已经将自己的考卷翻了过来。呱呱呱呱，本间正在哈哈大笑。让我们重新将视线转回考试机器这边，来问问他的考试感想吧。'今天的成绩怎么样？''嗯，没什么好说的。''瞧瞧这股胜者风范，真不愧是考试机器。那请说说你今天早上吃了什么？''荷包蛋、味噌汤、海苔、一碗饭。'啊，痛，好痛！"

作为老师，他必须让考试机器老老实实地待在自己的座位上。于是，老师只好同意让他在自己的答题卷背面乱涂乱画。这么一来，其他孩子很快也将答题卷翻了过来，开始画起了漫画。考试机器胡乱画了两三分钟之后，便又重新启动了他擅长的现场直播技能。这个时候，老师会拿出尺子，狠狠地敲打考试机器。

---

① 格斗行业的选手往往会给自己取一个登场比赛时用的名字。文中的"屠夫儿玉"是考试机器给同学取的绰号。

不过，这一招也只能让他稍微消停一会儿。过不了多久，考试机器又会大嚷大叫起来："老师！我可以去厕所吗？"

等老师一点头，其他孩子也纷纷站了起来，大声地问："我可以去厕所吗？"既然已经给一个人亮了绿灯，那就不能给其他孩子亮红灯。最后，整个教室简直乱成了一锅粥。

为了约束考试机器的行为，老师决定不再叫他考试机器，而是给他另取了一个绰号——屎尿多。可是，考试机器毫不在意，依旧一个劲儿地喊着"请让我去厕所"。

换句话说，因为考试机器的学习效率实在是太高了，所以老是破坏教室里的学习气氛，他也因此成了一个令老师头疼的学生。

打开考试机器家的大门，眼前就会出现一个足以震慑来客的巨幅匾额，上面写着"晴耕雨读"四个字。这是古人的教诲，意思是，天晴时要在地里劳作，下雨时要用心读书，绝不能浪费一点儿时间。考试机器的爸爸把这四个字当作自己教育儿子的基本方针。

在下雨的星期天，考试机器的爸爸会打开晦涩难懂的法律书进行学习，然后让儿子一整天都待在自己身边做算术题。他爸爸虽然是一个普通的上班族，却喜欢皱着眉头勤学苦读。尽管考试机器跟其他孩子不太一样，但对阿月来说，他是一个再合适不过的玩伴。无论是双关语，还是玩笑话，甚至是挖苦嘲讽，阿月和考试机器都能立刻听懂对方话里的意思。更重要的是，他们两个都喜欢显摆自己，也都很中意对方这种不轻易消停的性格。

阿月披上一件藏青色大衣，匆匆忙忙地回到起居室。她在脖子上围了一圈白围巾，然后从抽屉里拿出"百人一首"①的纸盒，从里面挑选出色彩鲜

---

① 这是一种收录了一百位诗人、每人一首和歌的纸牌，又叫歌牌。

艳的读牌 ①，最后，再将这些读牌胡乱地平铺在桌面上。

"让我看看，今天带谁出门呢？必须带上一个运势强劲的。嗯，要不就带伊势大辅 ② 吧？不，今天还是让清少纳言跟我走一趟吧。"

阿月从小就有一个习惯，那就是每次出门，她都要带上毛绒玩具的贵宾犬或松鼠奇普，又或者是洋娃娃小皮。三年前，妈妈给阿月买了一盒"百人一首"的纸牌。于是，她就决定改为带读牌上的那些和歌诗人出门。这些读牌不占地方。最重要的是，它们还能被带到学校去。

学校开运动会时，阿月带了猿丸大夫 ③。因为她觉得带着猿丸大夫，自己就可以跑得跟猴子一样快。在

---

① 这种纸牌由一百张读牌和一百张取牌组成。读牌是彩色的，取牌为黑白色的。
② 伊势大辅和后文的清少纳言、藤原兴风等，都是日本平安时代的诗人。
③ 据说也是一位日本平安时代的诗人，但是否真有其人，目前尚无定论。

夏季炎热的日子里，阿月会把藤原兴风放进铅笔盒里，然后对着这张读牌说："来吧，你要把风带过来哦。"在可能要和人吵架拌嘴的时候，阿月会尽量选择一个看起来孔武有力的胡子武士。等到了需要练字时，阿月会一边把那张画着清少纳言的读牌放在桌子上，一边嘴上说着"既然是临摹字体，那就要靠清少纳言了①"。不知不觉中，清少纳言成了阿月最喜欢的一张牌。和亲戚们玩纸牌游戏的时候，在抢到清少纳言这张牌之前，彩月会竖起耳朵，认真聆听读牌人的声音，整张脸上紧张得没有一丝笑容。如果清少纳言被别人抢走了，她还会懊恼得直流眼泪，最后一定要拿着自己抢到的牌去和对方交换才肯罢休。

"纳言啊，要抽中彩色电视机的哦。"

阿月一边说，一边恭恭敬敬地用双手捧起一张读牌。牌上的清少纳言一头乌黑的长发垂在脑后，身穿

---

① 在日语中，"临摹字体"的发音和"清少"的发音非常相似，因此阿月才会在临摹字体的时候，选择清少纳言这张读牌。

十二单衣和服，一副官家大小姐的模样。阿月把牌放进自己的大衣口袋里，然后走出了家门。

"果然在下雪呢。"

一种如尘埃般轻柔细碎的白色物体落在了阿月的睫毛上。

"纳言，我是不是应该回去拿把伞啊？"

清少纳言没有回答，她只是静静地待在那个温暖的口袋里。

三三两两的行人正在朝着多闻天王寺的方向走去。大部分人手里都没有拿伞，他们只是抬头看了一眼夜空，然后加快了自己的脚步。

阿月也仰头望向了天空。她看到城堡的天守阁和白色的墙壁在灯光的照射下显得分外清晰。

阿月生活的这座城市原本是一座十二万石 ① 的城池。城中堡垒原封不动地保留了一条深邃的护城河、

① 十二万石代表这一地区年产大米总量可供十二万个成年人食用一年。

一圈高耸的石墙和一片松树林。后来，市政府出资修复了三层构造的天守阁、雄伟的城门以及二之丸①的转角箭楼。此外，市政府还在本丸的广场上打造了一处供市民休闲娱乐的城堡旧址公园，里面有一座小型动物园，园内设有大象、狮子和水鸟等动物的笼舍。多闻天王寺就位于护城河畔那片松树林的旁边。

这条林间小道平日里没什么人影，今天却摆满了庙会的小摊。电灯泡的光线打在那些红色和蓝色的招牌旗上。章鱼烧和铁板鱿鱼的香味飘荡在冰冷清新的雪夜空气里。小摊上有绿苹果冰糖葫芦、巧克力香蕉、气球、捞金鱼、玻璃工艺品、面具以及蜂窝糖。在那扇色彩艳丽的寺庙大门附近，人声鼎沸，人来人往。虽然雪越下越大了，但大家都没有特别在意。

---

① 日本城堡一般分为本丸、二之丸、三之丸。其中，二之丸是指围绕城堡中心的那一圈外城，下文的本丸即城堡中心部位。

"哎呀，我忘了带那本重要的地图册了。"

阿月"啪"地拍了一下自己的脸颊。不过，她现在一点儿也不想重新回家去拿地图册。

这时，她看到了鸟居①。因为这道鸟居的缘故，阿月一直搞不清楚多闻天王所在的这个地方究竟算是神社还是寺庙。不过，阿月今天根本来不及去思考这个问题，因为她已经看见那个呆头呆脑地站在鸟居旁边的考试机器了。

"对不住，我忘带了。"

"算了，意料之中，"考试机器既没有生气也没有露出惊讶的表情，他说，"我爸今年也是本命年，所以他会去扔福袋。我们得用力挤到前面去，给我爸一点儿提示，让他把福袋扔到我们这边来。"

汹涌的人流不断地将阿月和考试机器推上那段狭窄的石阶。两人硬是在这道移动人墙的簇拥下，一步

———————————

① 鸟居是指日本神社入口的一种牌坊（或门），传说是用来分隔神社所在的神域和人所居住的俗世。

步靠近了前殿。

"来吧，向前进。考试机器，轰轰轰，马力全开。考试机器，猛力一击，轰轰轰。"考试机器一如既往地开始了现场直播。他一边说一边拨开人群往前走去。

"不要推！很危险！"有人大声地叫了起来。

"真遗憾，考试机器被推回来了。嗦嗦、嗦嗦。危险！已经没有退路了！出招吗，考试机器？他使出了必杀技眼镜蛇缠身固定①。成功了。不愧是考试机器。"

"喂！蠢货，土豆脑袋，不要推！"

人群中的气氛变得紧张了起来。巡警在拼命地吹着口哨，想要控制那些还想继续往上爬的人。

此时，一群今年是本命年的男人身穿江户时代的武士礼服，一个接一个地走上了那座围着红白色帷幕

————————————
① 眼镜蛇缠身固定是一种摔跤招式。

的临时舞台。

有一道巨大的声音从麦克风里传了出来:"请不要撑伞。很危险,请不要使用雨伞!"

原来,到处都有阿姨大婶撑着伞。她们想用手里的雨伞拦截那些被扔下来的福袋。

考试机器还是老样子,嘴里不知道在念叨些什么。阿月正在拼命地想要接住那些被扔过来的福袋。

无论扔过来什么,马上就会有几百只手伸出来,瞬间将东西一抢而空。

"抛过来的就只有雪花了呢。"阿月身旁的一位胖阿姨笑着说。紧接着,她身后有一个男人粗声粗气地喊了起来:"横道兄弟——能不能扔到我这边来啊,横道兄弟——"

那个被叫作横道兄弟的人对着阿月这边扔了好一会儿的东西。

有一个纸袋被扔到了阿月大衣的肩膀部位。正当她以为自己已经成功接住纸袋的时候,旁边一个胖乎乎的大婶一把就将袋子夺了过去。还有一个东西被抛到了阿月的肚子上，然后又刚好掉在了她的脚边。不过，阿月现在根本无法弯下腰去捡，她只能用鞋子牢牢地踩住这个东西，以免被其他人发现。

这场撒豆活动很快就结束了。原本聚在一起的人们开始慢慢地移动起来。阿月终于能够蹲下来了。她把藏在自己脚下的那个福袋捡了起来。袋子里是一个绑了一条红白色绳子的五日元硬币和一张纸条。纸条上盖着一枚紫色的印章，上面写着"七等奖：洞穴七福神入场券"。

"什么呀，只是一个七等奖啊。"

在多闻天王寺下面，有一条长长的地下通道，里面摆放着七位福神的神像。那里平时需要买票才能进入。阿月今天只是中了一张可以免费进入那个地下通道的入场券而已。

"阿月，你抢到了几个福袋?"考试机器不知从什么地方冒了出来。

"一个七等奖。"

"我也是。三张全是七等奖。"

"要去洞穴看看吗?"

"当然啰。甭它是什么地方，都只能走上一遭了。"

说着，考试机器的脸上露出了一副豁出去了的表情。

3.
清少纳言去了哪里

　　一走进七福神的洞窟，耳边便充斥着一种由印度乐器演奏的奇妙音乐。

　　虽然这个地方被叫作洞窟，但不是那种天然洞窟。这是一条最近才建好的人工地下通道。通道内部被故意设计成七弯八绕的模样。因为通道的地面和两侧都已经用水泥加固，所以这个地方可以说是既不可怕也不危险。在通道中间的墙壁上，挖了七个洞当作祭坛，用来供奉七座神像。在整个洞窟内，就只有那里亮着灯。祭坛前还设置了功德箱，旁边点着几十支蜡烛。

除此之外，还放了一些许愿用的小纸条。

洞穴里的气氛和刚才寺庙里那种热闹沸腾的氛围截然不同。这里只能看见三三两两的人影。

阿月和考试机器走在里面，就像是在水族馆里散步一样。考试机器长得又高又胖，而阿月又瘦又小，看起来像是一个三年级小学生。不认识他们的人说不定还会以为这是一对兄妹呢。

"这上面说，供奉给洞窟七福神的香火钱将被用于印度和巴基斯坦的佛教遗迹保护研究，以及留学生的赞助项目。"

考试机器将写在墙上的一段介绍文字念了出来。

一座顶着大象脑袋、挺着啤酒肚的神像正笑眯眯地看着他们。阿月双手合十，嘴里念叨着："请保佑我将来能够成为一名歌手。"

这时，有一个纤细的声音响了起来："请保佑我将来能够成为一名登月火箭的飞行员。"竟然有人许这么奇怪的愿望。阿月一边想，一边忍不住回头张望。可是，这里只有她和考试机器两个人。正当阿月还在纳闷刚才那个声音是不是考试机器的时候，只见考试机器从钱包里拿出一个十日元硬币，"啪啪"地拍了两下手，然后一脸严肃地许下了自己的愿望："请保佑我的计算能力不要输给爱打算盘的那个家伙。"

扬声器里依旧在源源不断地播放着印度音乐。那种抑扬顿挫的曲调让人分不清这究竟是乐器弹奏的还是真人演唱的。

"喂，这里没路了，"考试机器指着左边一条挂着锁链的狭窄岔道说，"这里可能准备再造一条新的洞穴通道吧。"

"阿……阿……阿——阿嚏，阿……阿……阿——阿嚏。"

阿月一连打了好几个喷嚏。这是她一下子从室外那种冰雪环境走进这个暖和的洞窟的缘故吗？还是因为洞窟里烧香的味道太浓郁刺鼻了呢？

这时，有黏糊糊的鼻涕从鼻子里流了出来。阿月急忙将手伸进大衣的右口袋里。很快，她又伸进左口袋，从里面扯出了一条手帕。

"砰"的一声，好像有什么东西跟着手帕一起掉了出来。原来是那张画着清少纳言的读牌。

可奇怪的是，就算是阿月用力将读牌扔出去，它也飞不了那么远吧。只见清少纳言"咕噜咕噜"地朝着斜前方飞了出去，很快便消失在了锁链另一头的黑暗之中。

"咣当，咣当，咣当。"那里响起了物体碰到墙壁后一通乱滚的声音。

"纳言，你这是要去哪里呀？"

阿月毫不犹豫地举起锁链，从下面钻了进去。她的前方一片漆黑。

"等一下，等一下。"考试机器一边说，一边打开笔形电筒。然后，他抬起脚从锁链上方跨了过去。

考试机器将笔形电筒的光打在地面上。可是，哪里都看不到清少纳言的身影。

"感觉飞出去很远了呢。还要再往前走一点儿。"

考试机器用笔形电筒照着地面，走在了阿月的前面。这是一条狭窄的洞穴通道，两个人无法并肩同行。

"那可不是球啊，一张四角形的纸牌怎么会滚出去了呢？"

这个时候，有一滴水珠从头顶某个地方掉了下来，刚好滴在了考试机器的额头上。

"啊，中招了！考试机器刑警倒下了。清少这个歹徒，她开枪了。考试机器刑警，加油！考试机器刑警站起来了。考试机器刑警是不死之身。啊，又是一枪，这次打中了右手。考试机器刑警又一次倒了下去。这次，他动不了了！"

考试机器一边在那里念念叨叨，一边往前走。阿月也只好跟着他继续前进。

"清少，你这个歹徒！太卑鄙了。你这个蝙蝠女，给我出来！"

四周忽然出现了一股气流，出口似乎就在附近。

看来，这条隧道是一个紧急出口。

走出隧道之后，两人发现他们正站在一片松树林里，身后就是城堡的天守阁。

此时，雪已经停了。雪后天晴的世界映射出一片亮晃晃的白光。一抬头就能看见飘浮在空中的碎云。一轮硕大的圆月正悬挂在夜色之中。

时不时就有积雪从松树的树梢上簌簌地掉落下来。这条林间小路平时大概都没什么人走，所以现在路上就只有一片白茫茫的积雪。

"我们好像走到了城堡的背面。"阿月说。

考试机器有些严肃地说："我觉得这个地方有点儿太安静了。"这里既听不到洞窟里的那种印度音乐，也感觉不到任何其他人的动静。

"我们回去吧?"阿月的话音刚落，他们就已经走到了一个T字形的岔路口。一块白色路标出现在两人面前。

路标上那条笔直向前的路上标注着"影子关卡"，

另一条狭窄的岔道上标注着"鬼怪聚集地"。

当阿月和考试机器正盯着这块路牌看的时候，身后走来了两个一年级小学生模样的小男孩。他们冷不丁地朝着阿月二人问了一句："我们应该往哪边走呀？"考试机器吓了一大跳。一来，这个声音出现得太突然了；二来，这两个小孩都长着一张鬼脸。不过，他很快就发现，原来对方戴着面具。

考试机器说："不要在这里吓人哪。真是的。你们想去哪里啊？"

"我们是鬼。"两个小男孩愉快地回答。

"他们说自己是鬼，"考试机器笑着对阿月说，"既然你们是鬼，那就去鬼怪聚集地呗。"

说着，考试机器伸手指向了那条狭窄的岔道。

"谢谢。"

两个小男孩用一种天真可爱的语气向考试机器道了谢，随后又鞠了一个躬。接着，他们手拉着手真的朝着那条小路走了过去。一旁的阿月看了，感觉眼前的这一幕简直就像是在做梦一样。

"我们就沿着这条路笔直往前走。"考试机器提议。

两人再次一言不发地沿着那条没有任何脚印的积雪小路走了下去。

"那个真的是面具吗?"阿月嘀咕了一句。

这时,雪地上忽然出现了一连串的脚印,看上去像是有一种比松鼠还小的东西正在以极快的速度往前飞奔。虽然这些脚印和风中的枯叶在雪地上翻滚后留下来的那种痕迹很像,但可以肯定的是,某种有生命的物体正在凭借自己的意志向前奔跑。

"啊,是纳言!"阿月叫了起来。

前方有一个正在移动的身影,看起来确实很像纸牌上的清少纳言。阿月紧张得屏住了呼吸。当她呆立在原地的时候,那个身影已经消失在了这条积雪小路的另一头。

"等一下,纳言!"

阿月也跑了起来。她看到了两三盏庙会小摊上的

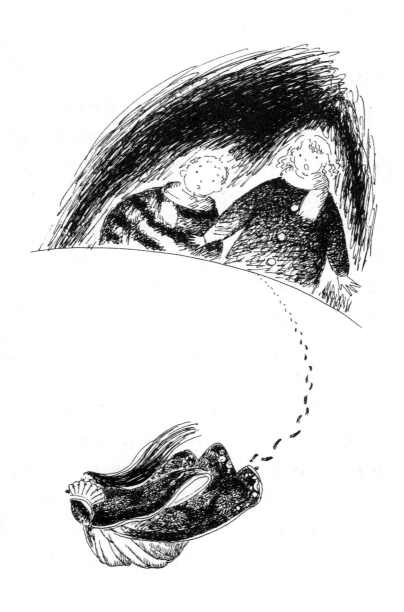

灯光。她从来不知道还有这么一条通往多闻天王寺的近道。既然这里摆着小摊，那应该经常有人来吧。

一个卖风车的小摊、一个卖金太郎糖的小摊，还有一个卖面具的小摊。剩下的两个小摊上空无一物，看样子应该是已经收摊了。

正前方出现了一扇门，看起来像是那种武士宅邸的大门。那里大概就是影子关卡。有一个关卡守卫模样的人偶正拿着一把长枪站在门前。

"停下！"人偶大声地盘问阿月和考试机器，"你们要去哪里？出示你们的通关文书。"

"这是机器人吧。"考试机器说。

"做得可真逼真啊。"

正当两人准备走进大门时，他们口中的那个机器人用力地将手中的长枪横扫了过来。那把长枪刚好打在了阿月他们的小腿上，将两人打得往后连退了好几步。

"好痛！"

两三个武士模样的机器人从关卡里走了出来。其中一个头上戴着那种古代士兵作战时戴的草笠状头盔，看起来像是个领头。这个机器人对阿月和考试机器说："你们不是人类吗？退下去，退下去！"

"真让人窝火，"考试机器皱着眉头说，"说什么'你们不是人类吗'，难道你就不是人了吗？"

阿月忍不住害怕了起来。她用力地拽着考试机器的手说："我们回去吧。"

4.
影子店

当阿月和考试机器重新回到那个摆着小摊的地方时，一位摆卖玩具风车的大婶对着他们喊道："玩具风车要不要啊？转得很快的哦。"

这位大婶顶着一对长长的耳朵站在那里，褐色的脸颊上长着好几根绣花针似的尖胡子。

虽然这是一张野兔的脸，但确实让人感到对方就是一位大婶。毫无疑问，她是一个比阿月年纪大很多的大婶。

让人感到不可思议的是，无论是阿月还是考试机器，听到这位兔子大婶叫卖玩具风车的声音后，两人都莫名地松了一口气。虽然他们一路上已经真真切切地感受到自己走进了一个奇妙的世界，但是这位兔子大婶和蔼的目光和亲切的口吻让阿月和考试机器的内心产生了一种期待：也许这里并没有什么让人毛骨悚然的东西，这里是一个欢乐愉快的世界。阿月又重新打起了精神。这种感觉就像是一具冻僵的身体喝下了一杯热乎乎的咖啡。她有一肚子的话要说。

"那道门不能进吗？"阿月问兔子大婶。

"啊——那道门，人类不能进。"兔子大婶一边说，一边拿起一个红色的玩具风车，然后对着风车"噗"地吹了一口气。

"为什么人类不能进？"考试机器问。

"因为人类已经拥有很多领土了，你们不需要更多的土地。那道门后面的世界，人类禁止入内。"

"哦。大婶，刚才清少纳言有没有来过这里？"阿月继续向对方打听，"一个头发很长的大小姐，身上穿着一套很漂亮的十二单衣和服。"

"啊——来过了呀。一副对什么都爱理不理的样子。"兔子大婶回答。

"那她现在在哪里?"

"这个嘛,我对关卡那一头的事不太清楚啦。她可能进了城堡,也可能去了其他地方。大婶我也不知道啦。"

"清少纳言是人类啊,"阿月说,"她应该过不了那道关卡。"

"啊——那是因为她在影子店里买了影子。"兔子大婶用一副理所当然的口气说。

"影子店?"

"就是那家店,"兔子大婶指着一个什么也没有的摊子说,"那里出售各种影子。只要在那里买一个不是人类的影子,就可以轻轻松松地通过关卡了。毕竟那是影子关卡,守卫检查的是大家的影子。如果你们想通过关卡,只要去买个影子就好了。"

“哦，这个有意思。我们去看看。”考试机器说。

当两人站在那个空无一物的黑漆漆的小摊前时，有一道声音从他们的脚边响了起来：“欢迎光临。”只见一个头上扎着一圈头巾的大叔站了起来。他长着一张狸猫的脸。

“客人想要什么样的影子？”

“我想先看看你这里都有哪些影子。”阿月回答。

“行，行。我们这儿什么样的影子都有。贵的有天狗大名行列①的影子，如果你带上这个影子，关卡的官员全都会跑出来，跪在地上迎接你。这个要一百万日元。”

“啊，这么贵啊？”

“你怎么能这么说呢。毕竟这可是坐拥十二万石的大名行列呀。在前面开道的，抬轿子的，还有总管事。抬衣柜的左右各三名，拿鸟羽长枪的三名，拿弓箭的

---

① 大名行列是指大名（类似诸侯）外出时带的队伍。

七名，拿步枪的六名。副管事和武士随从，后面跟着七名轿前下级武士，接着是家臣，然后是轿子，轿子左右随从各两名，还有近侍、四名奴仆、后院女佣、打杂侍女、医生、轿后下级武士、管账的、扛雨具箱子的、扛食物箱子的、管理马匹的、抬日用品箱子的，总共有一百几十号天狗呢。我可没骗人。我给你们展示一下。请走这边。"

影子店的老板将阿月和考试机器带到了摊子的背面。那里有一小片草地。明亮的月光正倾洒在洁白的雪地上。

影子店老板从小摊里面拿出了一个中药柜，上面有几十个大小不一的抽屉。老板将中药柜放在雪地上，然后从最大的那个抽屉里拿出一个卷轴，解开上面的绳子，再将卷轴一点点儿地平铺在雪地上。接着，影子店老板从里面飞快地抽出了一个又黑又薄的东西。突然，雪地上跳出了那些给大名行列开道的影子，接着是抬轿子的、总管事……这不就是在雪地上威风凛

凛地向前行进的大名行列的影子吗？

　　长达三米的鸟羽长枪气势十足地竖立在那里。耳边似乎响起了"跪下""跪下"的吆喝声。

　　阿月和考试机器看得如痴如醉。不过，影子店老板并没有让他们全部看完就收起卷轴，结束了这场大名行列的展示。

　“这边的影子就便宜多了。两千日元，怎么样？这个影子叫作白鹭捞泥鳅。”

　　说着，这位狸猫店长解开了另一个卷轴的绳子，然后麻利地抽出了里面的影子。看来，所有影子都是这样被卷进这些卷轴里的。

　　十二只白鹭就像表盘上的数字那样围成一圈。圆圈的正中间浮现出泥鳅的黑影。白鹭们忽然朝着中间靠拢，眼看着整个圆圈变得越来越小，泥鳅们顺利突围。白鹭又往后退了回去。当所有白鹭步伐整齐地移动时，它们头顶笔直竖立的两根羽毛以及从背部至尾部垂挂下来的蕾丝般的细毛就像剪纸一样，清晰地映照在雪地上，美得让人目瞪口呆。

阿月和考试机器一声不响地看迷了眼。影子店老板以为两人还是嫌这个影子太贵了，于是便提议说："那我们来看看一千日元左右的影子吧？跟你们说句实话，比起白鹭，我更喜欢这个影子。它的名字叫作骆驼和长颈鹿的团体操。"

很快，右手的方向出现了双峰骆驼的小影子，左手的方向是长颈鹿的小影子。十头一排，面对面向前行进。这些影子一会儿擦肩而过，一会儿同向而行，下一刻又变成了骆驼和长颈鹿交替出现的队形。

"这个影子做得不错吧？还有这个，叫作青鳞鱼的烟花，也卖你们一千日元。"

此时，雪地上涌出了一道道黑色的喷泉，那是不断冒出来的青鳉鱼的脑袋。接着，整个鱼身全都露了出来，小小的胸鳍在冰冷的雪地上拍来拍去，制造出一个个向外扩散的圆圈。看起来就像是烟花绽放在一片洁白的天空之中。

"这些烟花的直径最大可以达到十米左右。"

"大叔，你有没有那种单个的影子？"阿月问。

"哈？啊——你说单个的啊，"狸猫老板感到有些扫兴，不过，他依旧带着一种生意人的微笑说，"也是，身后跟着一大堆影子也没什么用。如果是单个的影子，那就便宜了。有三百日元的豹子。"

"豹子？不是黑豹吗？"考试机器问。

"是豹子。黑豹要三百五十日元。"

"变成影子后不都一个样吗？"

"啊——变成影子的时候是都一样啦。"狸猫老板的这个回答听起来有点儿傻的感觉。

"你没听懂我的意思。"考试机器自言自语了一句。

对方好像听到了这句话，有点儿不快地催促道："那我把所有单个的影子都拿出来。你们看上哪个，就买哪个吧。这些影子统统都只要一百日元。"

说完，老板便将那个最小的卷轴一下子甩了出来。

大象、瓢虫、螳螂、郁金香、地藏菩萨、乌龟、直升机……

这些影子被摆放在那里，看起来就像是有家玩具店把自己的店开在了整片雪原上。

"不过，这些影子都好小啊。"阿月说。每个影子差不多都只有二十厘米左右大。

"影子的大小可以根据客人的体形随意进行调整。"狸猫老板笑着说。他试着用手指搓了搓手中一个拇指猴的影子。只见那个影子越变越大，最后变得和一头大猩猩差不多大小。

"清少纳言买了什么影子？"阿月试着问了一句。

"那位留着一头长发的大小姐？那个客人买了鲤鱼旗的影子。她说自己想要成为一名登月火箭的飞行员。"

"啊!"阿月想起来了。她在七福神的洞窟里听到的那个奇怪的声音"请保佑我将来能够成为一名登月火箭的飞行员",原来是口袋里的清少纳言说的。

这么说来,清少纳言是自己从口袋里跳出来跑走的。她一定知道怎样才能成为一名登月火箭的飞行员。

"我要不就买这个河童^①的影子吧。"考试机器有点儿扭扭捏捏地指着一个河童的影子说。

阿月想起考试机器不会游泳。每年夏天学校开放泳池时,他不是说自己得了感冒要请假回家休息,就是在泳池旁边看着别人游。考试机器一定也想学会游泳吧。

"考试机器选河童的话,那我就要这个吧。"阿月捡起了一个人鱼的影子。这个影子留着一头长发,下

---

① 河童是日本民间传说中的一种生物,有一张像鸟喙一样的尖嘴,背上有一个乌龟壳,头顶有一处碗口大小的凹陷,里面蓄着水。

半身长得跟海豹一样。

"这个是美人鱼吧,大叔,"看到狸猫老板在那里一声不吭,阿月担心自己说错了,于是又重新确认了一遍,"这个是美人鱼吧,大叔。"

"对,这是唱歌很好听的罗蕾莱 ① 美人鱼。"狸猫老板回答。

"那我就要这个了。"

"我要这个。"考试机器忽然改变了想法。他伸手指向了一个龙虱 ② 的影子。从考试机器胖墩墩的体形来看,比起河童,确实还是圆滚滚的龙虱更适合他。

阿月和考试机器各付了一百日元。狸猫老板把影子拿过来放在两人的脚边。他先调整了影子的大小,然后在那里用力地一通拉扯。不知不觉中,阿月和考试机器的影子便被他快速地抽出来拿在了手里。

---

① 罗蕾莱是德国民间传说中的一名女妖,歌声十分优美动听。
② 龙虱是一种水生昆虫,一般生活在池塘、沼泽等地。

"好了，这样就行了，"说着，狸猫老板歇了一口气，"你们可以动了。不知道你们喜不喜欢新的影子？"

阿月和考试机器一边盯着自己的影子，一边走了起来。他们的影子分别变成了长发人鱼和跟水桶一样胖墩墩的龙虱。

阿月做起了体操。她一会儿笔直地举起双手，一会儿又往左右两边伸直手臂。人鱼的影子也动作优雅地跟着阿月在那里扭来扭去。而这边的考试机器一抬腿，龙虱的影子也快速地举起了第六条布满长毛的后肢。

"我的手是龙虱的前肢，我的腿是它的后肢，那它中间的这对脚是什么呢？"考试机器边说边研究了起来。

"那我原来的影子怎么办？"阿月不安地指着那个熟悉的影子问。被狸猫老板抽走的影子现在正瘫在雪地上。

"这个是商品，会卖给想要的客人。"

"那可就麻烦了。等我回来以后，我还得把原来的影子拿回来的。"

狸猫老板跟阿月解释说，卖影子这个生意就是要把换下来的影子当作新商品重新出售，要不然影子一下子就卖光了，生意也做不下去了。阿月一听，马上哭丧起了一张脸。

"那你再付我一百日元的保管费，把自己的影子存在我这里就可以了，"看到阿月的表情后，狸猫老板提议说，"这么一来，你回来以后，我还可以帮你换回原来的影子。"

一切谈妥之后，阿月和考试机器便将自己的影子存放在影子店的保险柜里。然后，他们再次朝着影子关卡走了过去。

那个武士模样的守卫用锐利的目光盯着两人看了一会儿。不过，他这次什么也没有说。

两人穿过了关卡的大门。一个身为监督官的武士正四平八稳地坐在哨岗正对面的垂帘后面。

"跪下，跪下。"武士指着土间①下面的石阶说。这时，一个身为步卒的下级武士走了出来，告诉阿月和考试机器："大人这是叫你们双手撑地，跪在石阶前面。"

于是，两人被迫一屁股跪坐在了冰冷的石阶上。他们看到头顶上方正悬挂着一个可怕的面具。这个面具顶着一头蛇发，长着一口獠牙，给人一种毛骨悚然的感觉。

"啊嘿!"身为步卒的两个下级武士突然气势汹汹地将长枪刺向了两人的影子。阿月吓得差点儿连心跳都要停止了。长枪的尖头一下子刺穿了人鱼影子的喉咙。如果影子店老板的技术不过关的话，那么现在影子就已经被对方一枪刺掉了。后来，当阿月他们听说，掉了影子的人会当场被钉在柱子上刺死时，不禁吓得后背发凉。

---

① 指传统日式住宅中的玄关处，也就是可以穿着鞋子活动的区域。

"退下!"

从垂帘后面传来了监督官的声音。看到阿月二人依然呆呆地坐在原地,其中一个刚挥过长枪的步卒便大声训斥道:"怎么还不走?!"

阿月和考试机器一跃而起,快速穿过了哨岗的后门。

眼前又是一片松树林。不知从什么地方传来了敲击大鼓"咚咚"的声音。

"照这个形势来看,接下来不会出现砍头族吧?"阿月不安地说。

5.
群鬼攻城

　　脚下这条雪后的小路越走越窄，头顶是一片松树，让人看不见天空的模样。阿月和考试机器慢慢地走上了一段上坡路。鼓声牵引两人朝着声音的源头不断靠近。

　　"我感觉这两只掬走起路来慌慌张张的。"考试机器说。

　　"我的身体好像变得软绵绵的。"

　　"难道是影子的能量影响到了我们的身体？"

　　他们想看一眼影子。可是，在这片连天空都看不见的松树林里，两人根本无法确认狸猫老板帮忙装在身上的影子的模样。

忽然，头顶上方出现了鸟儿拍打翅膀的声音。有一段对话传入了两人的耳朵里。

"今天是群鬼攻城的日子。"

"好像来了很多鬼呢。"

"不知道城堡能不能守得住。"

很快，四周便出现了一片嘈杂声。不知道从什么地方传来了"哇——"的呐喊声。

"快点儿走！两位，"阿月和考试机器顺着声音抬头一看，发现有一只长着红耳朵的雕鸮（xiāo）正在对他们说话，"城门马上就要关闭了。不要磨磨蹭蹭的。群鬼马上就要追上来了。"

这只雕鸮就是入谷①鬼子母神庙会上常见的那种用芒草穗编的雕鸮。

———————

① 入谷是日本东京都台东区北部的一处地名，那里有一座供奉鬼子母神的真源寺。

"鬼要打过来了吗?"阿月大声地问。

"是啊，被豆子砸出门的几十万只鬼正要攻城呢。不管是源五郎①阁下，还是阁下身边的这个小跟班，如果再不快点儿躲进城堡里的话，就没命啦。"

"这可不得了啊。喂，快点儿，小跟班。"考试机器说。

"你叫谁小跟班呢。"阿月气呼呼地回了一句。不过，万一被鬼抓到，那可就麻烦了。阿月也赶紧小跑了起来。呐喊声越来越近。

突然，一道明亮的月光泻了下来。此时，阿月和考试机器已经穿出了这片松树林，眼前耸立着那座早已司空见惯的城堡，上面是三层楼构造的天守阁。不过，和平时截然不同的是，原本位于前面那座广场里的狮笼、鸟舍以及出售关东煮和冰激凌的小摊，现在全都不见了，只剩下一片白茫茫的雪原。转身一看，

---

① 在日语中，龙虱写作"源五郎"。因此，这里雕鸮才会把带着龙虱影子的考试机器称为"源五郎阁下"。

松树林下面出现了无数闪烁的火把，看起来就像是一条延绵了数千米的火绳。那必定就是群鬼的大部队。

"好了，好了，快点儿，快点儿。"

在红耳朵雕鸮的催促下，阿月和考试机器穿过了那道庄严肃穆的城门。"吱"的一声，城门立刻开始慢慢地关闭。

"等一下！"有个黑影边喊边跳了进来，原来是影子店的狸猫老板，"哦！好险。"

城门里面篝火通明，有兵队在这里把守。仔细一看，这些士兵全都是单脚站立的稻草人。他们头上戴着稻草编的草笠，长着一张用日语平假名①画出来的人脸，手上握着川竹制成的弓和宽叶香蒲穗制成的箭。

"源五郎阁下，请您前去面见城主大人。"这只用芒草编成的雕鸮就像是在招待贵宾似的，恭恭敬敬地将阿月二人带往天守阁的第三层。

---

① 文中是指用"へ、の、へ、の、も、へ、じ"这七个平假名画出的人脸。

当一行人沿着又窄又陡的楼梯往上爬时，在篝火暗淡的反射光中，他们看到了守卫二楼的天狗们红彤彤的脸蛋。跟一楼的稻草人相比，这些天狗看起来倒是可靠许多。不过，他们大概都只有幼儿园小朋友那么高，走起路来摇摇晃晃的。这反而让他们的大眼睛、上唇胡以及后背的翅膀看上去十分憨态可掬。

在天守阁的一间屋子里，一对女儿节人偶①正端坐在一面金色屏风前。他们就是这座城堡的城主大人和城主夫人。

雕鸮毕恭毕敬地跪拜在两个人偶跟前，说道："小的已将这一带众所周知的大力勇士源五郎带来了。有了源五郎助力，我等必能一举击败群鬼。请城主大人放心。大人，请为忠义之士源五郎赐言。源五郎阁下，请行谒（yè）见礼。"

考试机器眨巴着眼睛，只顾着呆呆地望着城主大

---

① 日本有女孩的家庭会在女儿节这天摆放一些做工精湛的宫装人偶来寄托祝福。

人和城主夫人那两张被纸罩座灯映照的白色小脸。旁边的阿月见状，便出来替他解围。

"此等无才无能之辈乃菅原达人·考试机器·厕所丸·源五郎是也。"

她的话音刚落，旁边一位女官便用一种清亮的声音补充了一句："此人鱼乃七町彩月，以乐师为志，一介民女是也。"

"啊，清少纳言！"阿月叫了起来。眼前这名女官确实就是纸牌上的那个清少纳言。

"既善乐律，定能排解前线将士的心中苦闷。请速来一曲。"城主大人吩咐道。

阿月心想，就算唱了自己拿手的歌曲，对方也未必听得懂。于是，她便开口唱起了"点起纸罩座灯吧"。这是一首经典的女儿节歌曲中的歌词。可是，这究竟是怎么一回事呢？她那沙哑的歌声听上去仿佛就像一只松鸦在那里"嘎嘎"乱叫。

"咦？此乃乐曲？"城主大人和城主夫人惊讶地问。

阿月自己也是满脸的不可思议。这个时候，外面响起了群鬼地动山摇般的呐喊声。大家不由自主地站了起来，走到了一处可以看清外面情形的箭楼。

此时，城堡四周已经被篝火围得水泄不通。仿佛有几百万束小小的烛光将这片雪原映照得灯火通明，美不胜收。虽然来的全是鬼，但他们都只有五六岁小孩的身高，发出来的声音也很可爱。

"把鬼留在屋里，把福赶到屋外，把鬼留在屋里。"你听，这群鬼正在那里大合唱呢！刚才向阿月他们问路的那两只小鬼肯定也在那里面。

大合唱的声音忽然一下子安静了下来。一名鬼将军走了出来。他的身上穿着一件猩红色①无袖外罩。他将一把闪闪发光的菜刀高举在头顶。这是一个生剥鬼②模样的人偶。

"哎呀呀——远者请听，近者请看。我乃秋田县男

————————

① 猩红色是一种红得发黑的艳红色。
② 生剥鬼是日本民间传说中的一种妖怪。

鹿之生剥鬼将军是也。骁勇无双，日本国内无人不知，无人不晓。城内众人听命。全国各地遭驱之鬼聚于此处，共八百八十八万八千八百八十八名，前来夺城。望速速开城投降。如有反抗者，将挖其双目，投与蚯蚓；割其耳垂，掷入护城河喂予鲶鱼。"

"嘿！源五郎阁下，我方也要报上名号，不能输了气势。"雕鸮说。

于是，考试机器用他平时那种又尖又细的嗓音喊道："好大的口气，阿呆陀罗经①，不怕告诉你们，老子最爱吃的就是好吃到见了鬼的饭团、面包、烤龙虾、米饼，还有酱炖肉，全部都要吃，一口也不停。现在，老子体重已经有五十八公斤，全身上下都是见了鬼的肉。听清楚了吗？你们听得懂吗？"

群鬼全都露出了惊愕的表情。

"好了，请您扔一个雪球。"说着，雕鸮便将一个

---

① 阿呆陀罗经是日本江户时代末期至明治时代流行的一种讽刺世事的俚谣，往往以一句"佛说阿呆陀罗经"作为开场白。

雪球递给考试机器。考试机器只是扔出了一道平缓的抛物线。没想到群鬼顿时发出了一阵惊恐的尖叫声。

"这是要打雪仗啊!"

"咚咚咚。"箭楼上响起了振奋人心的击鼓声。群鬼也"嘭嘭嘭"地一边扔雪球一边如潮水般涌了过来。

虽然城中部队一开始暂时守住了城门,可惜寡不敌众,城门最终还是被群鬼攻破了。

群鬼闯进城堡,和稻草人展开了搏斗。

嘿嘿嘿哟嘿

嘿哟,嘿哟,嘿哟哇哈哈

嘿嘿嘿嗲嘿

嘿嘿嘿地笑

小菜一碟

你瞧,正在战斗,嘿嘿嘿

稻草人脸上那两条"へ"字形的眉毛高高吊起,

两个"の"字形的眼珠子瞪得又大又圆。他们正在英勇奋战。不过，因为稻草人都只有一条腿，所以无法随心所欲地移动。群鬼很快便占领了一楼。然后，群鬼朝着通往二楼的楼梯一拥而上。

正在那里待命的天狗们不愧是一帮骁勇善战的厉害角色。他们对着正准备往上爬的群鬼的脸，扔出了一阵枪林弹雨似的松果。

天天天，天狗的手榴弹

一击便中！敌人痛痛痛

小天狗，小天狗，小试身手

如你所见，打他个落花流水

只要一有鬼倒在地上，四周就会响起一阵雨点般的鼓声。天狗们一边拍手，一边唱起了歌。

伴随着这个歌声，天狗们越是得意，他们脸上那根怒气冲冲的红鼻子就会伸得越长。

天天天，天狗的手榴弹

　　一击便中！敌人痛痛痛

　　这首胜利的凯歌不知道来来回回唱了多少遍。不知不觉，天狗们的鼻子已经变得很长了。每次转头时，他们的鼻子要么碰到柱子，要么就撞上其他天狗的鼻子。长鼻子已经严重地束缚了天狗们的手脚。

　　"不要唱了，不要唱了。"阿月叫了起来。

　　可是，天狗们这个时候都像喝醉了酒似的，谁也没把阿月的话听进去。

　　如你所见，打他个落花流水

　　如你所见，打他个落花流水

　　哗啦，哗啦，哗啦，咚咚咚，咚

　　没过多久，群鬼便像潮水一样，从天狗们相互缠

绕的鼻子的空隙里钻了过去。他们很快就占领了整个二楼。

"源五郎阁下，接下来就看你的了。"

考试机器站在三楼的楼梯上，手里拿着城主大人赏赐的一把近三米长的钢叉。这把钢叉又沉又重，尖端满是铁刺。一群鬼开始战战兢兢地往上爬。当考试机器用钢叉对着鬼的肩膀轻轻一戳，对方就会动作滑稽地滚下楼梯。

"考试机器，准备就绪。干倒一个，干倒两个，干倒三个。太强了！让我们来看一下录像回放吧。好漂亮的身手。此人不仅功夫了得，模样也帅。你们这群鬼啊，输了就赶紧滚回家吧。"

不过，鬼的数量实在太多了。红鬼、青鬼、黄鬼、黑鬼……简直数不胜数。

"看来我们还是赶紧逃跑比较好。"影子店的狸猫老板走到阿月身边说。

"我们逃得掉吗？"

"城堡里一定有秘密通道。我去问一下城主大人。"

说完,狸猫老板便朝着城主大人所在的那个房间走去。很快,他一脸大事不好的表情回来了。

"你来一下。"

阿月急忙跟着狸猫走进了城主大人的房间。此刻,那个陈列人偶的架子上已经空了,只有金色的屏风在闪闪发光。

"这边,这边。"

金色屏风后面悬挂着一块紫色的垂帘。狸猫老板的身影消失在了垂帘背后。阿月跟过去一看,发现那里正架着一个通往屋顶的梯子。

阿月沿着梯子爬了上去。最后,她爬到了城堡屋顶的金色兽头瓦旁边。

"你看那里。"狸猫老板指着湛蓝的夜空说。

两个圆圆的气球正飘浮在月色之中。气球下面吊着小小的吊篮,吊篮里有人。

前面那个吊篮里的不正是城主大人和城主夫人这

两个女儿节人偶吗？而后面那个吊篮里的，不正是清少纳言吗？

　　阿月目瞪口呆地仰头望着吊篮。清少纳言身上的那个鲤鱼旗影子的胸鳍正摇摇晃晃地抚过阿月的额头。

　　"纳言！你太狡猾了，你怎么能丢下我，自己先跑了呢！"

　　这个时候，那只用芒草编织的雕鸮从兽头瓦背后跳了出来，扇动翅膀一路追着城主大人去了。

　　"喂！阿月！你也过来帮一下忙啊！我已经快要累晕啦！"

　　从远处传来了考试机器的惨叫声。看来，这座城堡命数已尽。

　　"连城主大人都跑了，我们要不就投降算了。"

　　听到阿月这么满不在乎的语气，狸猫老板立刻拼命地摇头说："如果我们被鬼抓住了，就会被关进地牢整整一年。无论如何，我们都要逃跑啊。"

　　"怎么逃？"

“从这里爬到下面的屋顶，再到那个北角，正下方就是护城河。我们只能一鼓作气跳进护城河了。”

“啊？跳进护城河？在这么冷的天气里？”

“小命值千金啊。”

“等等我！等等我啊！阿月！”考试机器气喘吁吁地逃到了梯子那里。

此时，阿月他们正屏气凝神地一起躲在那条通往屋顶的梯子下面。

“大叔，你把存放影子的保险柜带来了吗？”阿月轻声地问，“我们原来的影子有好好地保存在你那里吧？”

“我把所有影子都放走了，”狸猫老板毫无责任心地回答，“那样子放着，也只会被鬼吃掉。影子们全都兴高采烈地从卷轴里跳出来跑掉了呢。那帮家伙要去蜡笔王国的白色海岸。”

“啊？蜡笔王国？”

“对啊，只要在蜡笔王国的白色海岸趴上几天，影子就不再是影子了，它们会变成真的。所以啊，所有影子只要一恢复自己身，就会朝着蜡笔王国飞奔而去。"

"那我俩的影子去了那片白色海岸后会变成什么?"考试机器问。

"那里会出现另一个你。"

"那哪一个才是真的呢?"考试机器着急地问，"这么一来，大家不就不知道我才是货真价实的那个了吗?"

"货真价实的不是你，是另一个，"狸猫说，"因为对方有自己的影子。"

"你是说，我们不再是我们自己了? 那我们会变成什么东西?"

"这个嘛，最后应该会变成妖怪吧。"

"我不要。这可不是闹着玩的。"阿月气呼呼地说。不过，仔细一想，他们现在可不就是妖怪嘛! 因为虽然这具身体是七町彩月的，但影子是一条人鱼的。

"喂，那块紫色幕布后面有情况。"附近响起了生剥鬼将军可怕的声音。

阿月听得心里直发毛。在这一刻之前，她还一直隐隐约约地以为自己是在某个梦境里过家家似的小打小闹。虽然对方是鬼，但给人一种在跟一群小孩玩游戏的感觉。可是现在，只要被鬼抓住，一切就结束了，还会搭上小命。他们全都变成了落难的武士。一旦被发现，脖子上的这颗脑袋随随便便就会掉在地上。这种恐惧感正不断地在阿月的整个身体里蔓延。

考试机器和狸猫老板此时正全身僵硬地站在那里等待着即将到来的命运。

"你已经不再是阿月了，你要变成彩月。"耳边忽然响起了妈妈的声音。

阿月心想：对，我要变成彩月。一直以来，阿月都有一个改不掉的毛病，那就是哪怕是在讲自己的事，她也会用"阿月"这样带"阿"的昵称来称呼自己。妈妈经常跟阿月说："如果你不改掉叫自己'阿月'的这个习惯，那你就还是一个幼儿园的小朋友，还没有长大呢。"

忽然，一片亮光照了进来。那块紫色的幕布被人掀起来了。

生剥鬼将军正在用那对三角形的银色眼睛紧紧地盯着阿月他们。

"逮到了！嘿嘿嘿。"

这个声音仿佛一下子击穿了彩月的整颗心脏。她一跃而起，身子摇晃了几下，然后便追着狸猫老板飞扑到了梯子那里。考试机器用脑袋顶起了彩月的腰。

彩月一脚踩在白雪覆盖的屋顶上。她飞快地脱下大衣，准备跳进水里。这时候已经不需要大衣了。彩月先扔了大衣，然后又丢了围巾，围巾掉在地上，地上浮现出彩月和考试机器的黑影。彩月再次看了一眼自己的人鱼影子在地上扭来扭去的样子，她的心里顿时涌出了一股自信：一定能够死里逃生。她和考试机器的影子分别是人鱼和龙虱。如果说影子本身具有某种力量的话，那么它们应该也不想白白丢了性命吧。

"考试机器，没问题，龙虱跟着你呢！"

一脸苍白的考试机器听到后，用力地点了点头。他就像玩滑梯一样，一屁股坐在积雪上，从屋顶上直接滑了下去。

就算摔倒了，也会掉下去，反正结果都一样。彩月一边想，一边保持站姿在屋顶上跑了起来。她猛地向前一扑，整个身体顿时飞离屋顶，气势十足地掉进了护城河里。

6.
水下城市

    有一股黑得发亮的水流包围在彩月的前后左右，带着她快速地奔往前方。彩月感觉自己仿佛被扔进了一道激流之中。不过，她很快就发现，原来这并不是水在流动，而是自己正像一条鱼一样在水里游动。

    彩月清醒了。她甚至开始怀疑，自己身上是不是长出了鱼鳞。彩月低下头，重新看了一眼自己的身体。她还是人类的模样，身上依旧穿着衣服。周围的水流就像空气一样，让她能够自由地呼吸，没有任何不舒服的感觉。等彩月一停下脚步，水流也跟着一起停了下来。

"考试机器——菅原同学啊——"

彩月大声地喊了起来。堆积在水底的褐色淤泥一下子猛地喷了出来，仿佛有一大堆咖啡渣遮住了她的整个视线。

哇，这可不得了啊！彩月赶紧往上一浮，冲出了这块由淤泥编织的幕布。

"菅原同学啊——"

彩月一叫，又有淤泥冲了上来。尤其是在她喊"啊"的时候，淤泥喷涌得特别厉害。于是，彩月试着叫了一声"菅原同学——"。这次，水下的淤泥完全没有动静。

"菅原同学啊——"

果然，淤泥又"哗"地一下全部涌了上来。看来，在发"啊"这个音的时候，就会有淤泥喷出来。

"不知道考试机器现在怎么样了？他不会是嘴里'咕嘟咕嘟'冒着水泡快要完蛋了吧。既然我可以像鱼一样自由自在地游动，那考试机器的影子是龙虱啊，他应该游得比我更好才对，说不定他现在已经飞起来了呢。"彩月一个人在那里自言自语地说。她的眼睛慢慢地适应了水下的环境。除了能够看清四周的情形之外，她的耳朵也能听见声音了。

在一片灰蒙蒙的光线之中，彩月看到有一条笔直的大路通向前方。四周的地势有点儿高，而彩月的脚下是一片看起来像是谷底的低洼地带。于是，她向前走去。没过多久，她就发现，原来这里是一处鱼儿居住的水下城市。

那些大大小小的石头以及茂密的水草都不是自然生长的，而是鱼儿们搭建的住房。

仔细一看，彩月发现那里有砖墙，有外面围着长长一圈狐尾藻和金鱼藻绿篱的宅邸，有瓷砖建造的塔楼，还有水泥外墙的仓库。在一片鳞次栉比的房屋中间，甚至还出现了一些蜿蜒的小巷和死胡同。

在大马路的十字路口，正儿八经地安装着红绿灯。

在红绿灯下面，标注着"偶然大道""惊讶桥"这样的街名。

　　此时，彩月站在一条叫作意外大道的街道十字路口处，正犹豫着接下去应该往哪边走。一条身穿黑色西服的鲶鱼从一旁游了过来，和彩月并排停在那里等绿灯。在这个鱼儿生活的国家里，信号灯变色变得很慢。彩月和鲶鱼在那里一起等了很长一段时间。

　　"你有没有见过一只龙虱？"彩月忍不住先开口问了一句。

　　鲶鱼一边慢悠悠地摇晃着自己的胡须，一边反问："你上学吗？"

　　正当彩月还在思考他这句话的意图时，鲶鱼又问了一句："学校在哪里？"

　　"……"

　　"你遇到麻烦了吗？"鲶鱼问。

　　这次彩月理解了，她回答："我遇到了一个大麻烦。"

"你要和我一起行动吗？"鲶鱼问。

和鲶鱼一起行动？不知道会遇到什么事。彩月一边想，一边呆呆地望着鲶鱼脸上那些像电线一样粗的胡须。

鲶鱼接着说："我，警察，一点儿也不怕。"

原来这条鲶鱼是一个警察，一个亲切的巡警，那么，他可以陪我一起去找考试机器，彩月心想。

"谢谢。"

"现在还不是道谢的时候。"

鲶鱼咧开嘴笑了笑。他从意外大道往右侧拐了进去，游到一个叫作突然桥的地方。桥旁边是一座漂亮的白色大厦。鲶鱼停在大厦前面，指着这座白色建筑物对彩月说："我在这里把风。你进去把所有的炒瓢拿出来。"

"哈？把瓢拿来做什么用啊？"

彩月的话音刚落，淤泥便再次"哗"地一下涌了上来。彩月被呛得咳个不停。

“小声点儿，”鲶鱼生气地说，“去，去拿，把炒瓢拿出来。”

彩月一听，便在心里嘀咕了起来，这是让我进去找厨房借炒菜的瓢吗？

“炒瓢？你确定吗？”

“这还需要问吗？快去。”

焦躁的鲶鱼歪着一张大嘴，脸上的几根胡须像鞭子似的在那里用力地晃来晃去。彩月一脸茫然地向那座白色的建筑物靠近。这里好像是一个邮局。戴着黑色帽子的小龙虾们正在里面忙碌地走来走去。有的小龙虾在用自己的红钳子剪贴邮票，有的小龙虾在用几十只腹足搬运包裹。

“有什么可以为您服务吗？”一只负责储蓄业务的小龙虾一边在服务窗口后面清点钞票，一边问彩月。彩月看来看去，都没有发现考试机器的身影。最后，她一脸困惑地走了出来。

鲶鱼马上贴过来，问：“拿到了吗？有吗？”

彩月摇了摇头。鲶鱼一下子凶相毕露，大声训斥彩月："你什么也没拿就出来了吗？"

彩月这时才发现了鲶鱼的真实身份。他刚才说的"拿"并不是叫彩月去借什么东西，而是去抢劫的意思。"把所有的炒瓢拿出来"并不是让彩月去借瓢，而是"把钞票给我抢过来"的意思。"你要和我一起行动吗？"这句话是在问彩月："你要和我一起去做强盗吗？"所以，这条鲶鱼一开始才会说出"我，警察，一点儿也不怕"这样的大话来。

谁要做强盗的小跟班？！彩月气得甩开鲶鱼，大步流星地走了起来。"你这是想要逃跑吗？"鲶鱼追了过来。

"快来抓这个小偷啊！"

彩月一叫，四周便出现了大量的淤泥旋涡。眼前这个鱼儿居住的水下城市一下子变得什么也看不见了。

彩月在水里胡乱地游了一会儿。然后，她感到四周的水流变得清爽了起来。她好像已经游到了护城河通往城外的一条小河里。

河水的味道尝起来有点儿甜甜的感觉。头顶的天空越来越白，看来天快要亮了。河面上银光闪闪，就像有谁在那里嵌了一面镜子。

四周长满了茂密的绿色苦草，放眼望去就像是一片大牧场。中间有一条大路通向无际的远方。

过了一会儿，耀眼璀璨的金黄色亮光便从天而降，仿佛是一场洒落在水面上的鹅毛大雪，纷纷扬扬。

多么令人心醉神怡的景色啊！光和水正在那里唱着，跳着，闹着。一圈圈圆形的水纹你挽着我，我挽着你，宛如万花筒中经过光的反射后形成的美丽图案。阳光踩着一双溜冰鞋从这些旋涡中一贯而过。

在某个地方，河水"哗啦啦"地奏起了美妙的乐曲。彩月跟着这个曲调唱了起来，喉咙里发出来的还是那种嘶哑的声音。

在白色海岸的正中间

有一间小小的房子

在那块小小的白色门牌上

写着"生命之家"

水啊，光啊，风啊，火啊

大家和睦相处，都在这里安家

对了！彩月想起来了，在那个影子关卡，人鱼的喉咙被长枪刺穿了，所以才发不出声音了。

在另一个地方，河流"叮叮咚咚"地奏起了不同的乐曲。于是，彩月也自然而然地唱起了不一样的歌词。

请赐给我梦想，白色海岸

请赐给我歌声，白色海岸

从昨天到明天

从悲伤到欢乐

无论遇到多少故事

都请让我一直做自己

彩月心想：我在这里寻找白色海岸，可是爸爸在那里绞尽脑汁地想要毁掉白色海岸。这么看来，似乎还是沃纳博士比爸爸更有道理一些，毕竟这个世界不是只有人类。

她感到爸爸所在的那个南方岛国的白色海岸和自己接下来要去寻找影子的蜡笔王国的白色海岸，两者之间似乎存在某种联系。

在别的地方，河流"嘚嘚嘚"地发出了马蹄声似的声响。这次，彩月的歌词又发生了改变。

在我的内心深处

有一片白色海岸

那里宽敞又温暖

如果白色海岸覆盖了整个地球

那么地球就会像是一个白煮蛋

喂，你知道吗？

喂，你还不知道吧？

我的心中有一片白色海岸

此时，彩月的内心冒出了一个念头：现在的这个声音可真够难听的。这么一来，我绝对无法成为一名歌手。我必须赶紧去蜡笔王国，在白色海岸上好好找找，把影子找回来。我有一种感觉，只要爸爸不破坏白色海岸，我就可以进入蜡笔王国，将来还能够成为一名歌手。但是，如果爸爸毁了白色海岸，那我就会遭到报应，一辈子都只能做一个妖怪了。

7.
前往蜡笔王国

　　河流正朝着低处奔去，途中有一些支流不断地汇入其中。最后，这条河变成了一条宽阔的大河。

　　彩月眼前出现了一支由几千条盛装打扮的鲤鱼和鲫鱼组成的队伍。

　　"你们要去哪里?"

　　"我们要去神社祈愿。"

　　现在，彩月已经有些适应鱼儿们的说话发音习惯。她试着和鲫鱼们对话。原来，在这条河的下游有一条支流通往一片大湖。在那片湖的正中央，有一座供奉着水神的鱼守神社。这一带的鱼儿有一个习惯，就是要在立春这一天穿上新衣服，去鱼守神社拜神，祈求新的一年里能够平安无事。

鱼守神社的水神会倾听鱼儿们的愿望。如果那位原本待在神殿深处的水神在众鱼儿面前现身，那就意味着大家许的愿望可以实现。

彩月想着自己现在也算是半条鱼了，不如跟着鲫鱼的队伍去拜一拜这位水神。于是，她便加入了眼前的这支大部队。

过了一会儿，队伍前方传来了一阵喧哗声。

好像是发生了什么事故，整支队伍都停止不前了。彩月游到前面去查看情况。

眼前有几股小水流交汇于一处，形成了一个齿轮状的危险旋涡。不过，鱼群之所以会发出吵闹声，是因为那里有一些发着白光的东西，就像成百上千条细蛇一起扭动身躯，跳着让人心惊胆战的舞蹈。那些可怕的白色"触须"已经抓住好几百条鱼了。这些鱼全都露着银光闪闪的肚腹，身体被牢牢地困在那里，完全无法动弹。其中有些鱼已经死了，还有一些鱼眼睛凹陷，奄奄一息。那些白色怪物的身上布满了锋利的弯钩。

原来，这些都是断掉的钓鱼线。带着鱼钩的钓鱼线被河水冲到这里，汇聚成一张大网漂浮在水中，上面布满了鱼钩，光看着就让人感到害怕。这张网现在成了一只拦路虎，就连河底的树叶堆里也缠绕着这种让人心惊肉跳的钓鱼线。

领队的那条金鳞大鲤鱼向彩月投来了求助的目光。如果手里有一把剪刀之类的东西，那么彩月还可以一边剪断这些钓鱼线，一边继续往前游。可是，现在就算她用自己的手指甲去掐，也绝不可能掐断这些线。

"攒起来，攒起来。"金鳞大鲤鱼来到彩月面前对她说。

彩月一脸诧异地想：是要我用线把他的身体捆起来吗？可是不容她多想，大鲤鱼一个劲儿地这么要求。

于是，彩月便将几条断掉的钓鱼线接在一起，捆在了大鲤鱼的腰上。

鲤鱼们全都大叫了起来："打本担，这样子不痛吗？"

鲤鱼们是在说挑担子的意思吗？彩月一头雾水地望向那条被自己捆住的大鲤鱼。"本担，本担，"那一对圆溜溜的鱼眼此刻充满了怒火，大鲤鱼拼命地拍打着胸鳍说，"春蛋，呆瓜，本担。"

彩月终于听明白了。原来大鲤鱼说的不是什么挑担子而是"大笨蛋"，刚才那句"攒起来"也不是说要用钓鱼线把他的身体给捆起来，而是让她把绳子拉起来的意思，这样大家就可以从绳子底下钻过去了。

于是，彩月决定站在队伍前头为大家开路。可是，这件事比她预想的还要难上十倍。当她把前面的钓鱼线移开后，就会有其他线漂过来。如果把这条线拉开，脚踝又会突然被另外的钓鱼线紧紧缠住。

这些钓鱼线就像一个有自我意识的恶魔，一会儿将彩月紧紧缠住，一会儿又压得她无法动弹。几万条鲤鱼和鲫鱼全都束手无策，只能待在旁边干瞪眼。

这些漂浮在水中的渔线看起来就像是一大堆霉菌的菌丝体。现在，彩月已经在中间打通了一条几乎有一百米的通道。

等这条通道终于全部完工之后，彩月已经累得躺在了水底，拼命地喘着粗气。

"谢谢。"

"辛苦了。"

彩月看着银白色的鱼儿不断地从自己眼前游过，耳边响起了一个声音："人也有不同类型的呢，有坏人，也有好人。"

"虽然她脑子不行，但人挺好的。"还有鱼儿这么说。

"尽管脑子不行，不过有力气就行了。"

没过多久，这支队伍就遇到了从大湖那边流淌过来的一股水流。鱼儿们全都欢呼了起来。因为鱼守神社就在附近。

最后，眼前出现了一道飞流直下的瀑布。"嘭，嘭，嘭。"鱼儿们就像一支支银箭似的逆流而上。接着，身体四周那些水的味道和颜色全都一下子发生了改变。看来，大家已经进入那片大湖了。

为了寻找小岛上的那座红色鸟居，鱼儿们一边游，一边将嘴露出水面。

湖中鸭子们的脚蹼看起来就像有无数片橘黄色的枫叶漂浮在水中。

那些粉红色的落叶其实是火烈鸟的脚。大得让人感到害怕的黑色物体是天鹅的脚掌。在这片广袤的湖水中，生活着许多水鸟。

鱼守神社的红色鸟居就在眼前。鲤鱼和鲫鱼排好队进入前殿。虽然这座前殿建在水里，但是可以看到那后面的陆地上坐着一位神仙。

"嘭嘭嘭，梆梆梆。"四周响起了鱼儿们拍打胸鳍的声音。

"不成，水神不下来。"

"今年也不成。"

看到纹丝不动的水神，鱼儿们都感到很沮丧。彩月将上半身露出水面，一边用双手擦拭着头发上的水滴，一边望向水神。虽然看得不是很清楚，但这位水神貌似是一只河童。而且，彩月好像在哪里见过这只河童。

啊！彩月想起来了。在影子店里，考试机器一开始想要买的那个河童影子，就和这位水神长得一模一样。

"喂，喂，水神大人，"彩月叫了起来，"你的影子是不是不见了啊？所以，你才无法出现在大家面前。"

"嘘——"那只河童对着彩月招了招手，示意彩月不要再继续说下去了。

彩月"哗啦"一声用力地甩掉了身上的水滴，然后走到了岸上。她感觉自己已经很久没有踏上陆地了。

"你见过我的影子吗？你究竟是谁？"

"我和你一样，弄丢了自己的影子，"彩月回答，"为了拿回影子，我必须去一趟蜡笔王国的白色海岸。请你告诉我应该怎么走。要不你也和我一起去吧?"

"不行，不行，"河童神摇了摇头说，"我已经一把年纪了，再也不能长途跋涉。而且，只有那些飞到这片大湖里的天鹅才知道怎么去蜡笔王国。可那群家伙守口如瓶。我听说，他们绝对不会把这条路线告诉天鹅以外的任何一个。你准备怎么从天鹅那里打听到这条路线呢?"

当天晚上，天上出现了月亮。彩月像一条海狗似的一会儿将脸露出水面，一会儿又潜入水中。终于，她顺利地混进了一群天鹅里。天鹅们正一动不动地浮在水面上，长长的脖子像蛇一样弯在那里，整张嘴全都插在自己的翅膀下面。有些天鹅已经睡着了，还有一些正在努力尝试着进入梦乡。

彩月故意模仿天鹅的声音，在那里嘀嘀咕咕地说："好想快点儿去蜡笔王国啊。"

天鹅群中一片寂静，谁也没有出声回应。

"差不多也该去蜡笔王国了吧。"

还是没有天鹅搭话。这时候，彩月感到有什么东西正在啄着自己的脚底。低头一看，原来是那条金鳞大鲤鱼。

"天鹅是不会在湖面上说话的。他们只有飞在空中时才会说。"

原来，天鹅们的警戒心很强，在湖面休息时绝对不会开口说话，只有飞到天上之后才会说。

彩月感到一阵失落。就算她借助人鱼的力量，也不可能飞到天上去。如果考试机器在这里就好了，因为他的影子是龙虱，可以一下子飞起来。不过，现在懊悔这些也没有什么用。这时，金鳞大鲤鱼靠了过来，在彩月的耳边说了一通悄悄话。

听完后，彩月急忙在湖里游来游去，把那些断掉的钓鱼线收集起来，编成了一个网状的大袋子。

第二天，天鹅们听到到处都有鱼儿在忧心忡忡地谈论着"在蜡笔王国……""蜡笔王国没有……"，可是，蜡笔王国究竟发生了什么事，这个最重要的信息却一点儿也打听不到。

太阳下山后，湖面变成了一片暗沉的深蓝色。天鹅们又重新聚集在一起，各自歪着脖子进入了梦乡。

在湖里的彩月一看到伸入水中的黑色脚掌，就把编好的钓鱼线网的一头缠绕在这些脚上。

即使是在晚上，天鹅们的脚掌看起来也是黑乎乎的，大得有些吓人。

等彩月把一百多只天鹅脚全都缠上钓鱼线之后，她便整个人钻进了那张网里。看起来，倒像是彩月掉进了天鹅们备好的一个网袋里。

彩月举手发出暗号。几百条鲤鱼立刻冲到水面上，用力地啄着天鹅的黑色脚掌。

"扑棱，扑棱，扑棱。"

一只天鹅，三只天鹅，五只天鹅，十只天鹅……

天鹅们全都惊慌失措地往天上飞去。吊在天鹅下

面的彩月也跟着一起升上了天空。

"怎么回事!"一只天鹅叫了起来。

"听说,蜡笔王国出大事了!"彩月大喊了起来。此刻,她整个人正在那个用钓鱼线编织的吊网里晃来晃去。

"你这么一说,我也想起来了,之前那些鱼儿好像也一直在说这个事呢。"

"我们去蜡笔王国看看吧。"

"克噜——克噜——克噜——"

天鹅们一边叫,一边朝着南方的夜空飞了过去。

8.
重逢

"呀！那个是什么？"

"是什么呢？"

天鹅们纷纷叫喊了起来。在一片漆黑的夜空之中，有一个发光的金色蛋形物体正在越变越大。

"那个不是空间站吗？"

那是一朵比目鱼形状的金色云朵。不过，那绝不是自然界里原本就存在的浮云。云上聚集着许多生物。正在这些生物在操纵这朵云。

"停下来！"

"停下来！"

在那片金色云朵四周，响起了许多呼喊声，让人感觉好像是被某种没有身体、只有声音的生物给团团围住了。仔细一看，天鹅的四周全是黑鲤鱼，它们正紧紧地贴着天鹅在飞行。

彩月的身旁也飞来了一条黑鲤鱼，在那里喊："停下来，停下来。"他的脸上有一对大得出奇的鲤鱼眼。这些好像全都是鲤鱼旗。

"请进入基地避难，前方就是车幽灵通行的路线。车幽灵的大部队马上就要经过那里。请速速进入基地避难。"

虽然不知道发生了什么事，但感觉好像有危险。于是，天鹅们便一只接一只地降落在那片发光的云朵上。彩月也悄悄地从网袋里爬到了云上。

"啊！"

彩月一脚踩了个空。正当她以为自己就要这么一头从夜空中栽下去时，身体却又立刻浮了起来，只有下半身还浸没在黄色的云雾之中。长着一双大眼睛的鲤鱼旗们正在周围忙碌地飞来飞去。

云上有一座半球形的白色建筑物。天鹅们正朝着那里走去。彩月也跟了过去。

建筑物的入口处站着一个黑影。

"咦？阿月！"

"清少纳言！"

两人同时叫了出来。她们一边叫，一边拥抱在了一起。

彩月发现，清少纳言已经不再是那个纸牌上的清少纳言了，她现在是一名比彩月还要高大的成年女子。

"到底接下来会发生什么事？"

"车幽灵要来了。"

"车幽灵？"

"就是汽车妖怪。那些被人类扔掉的旧车，还有在交通事故中被撞得乱七八糟的车子，他们的幽灵在宇宙里到处乱跑。宇宙巡逻队必须清理掉这些车幽灵。"

"怎么清理？"

"你站在这里看着就知道了。看我大显身手。"

"纳言，你也是巡逻队的吗？"

"对啊。要想参加登月火箭飞行员的考试，必须先做十二年以上的巡逻队队员。"

此时，彩月的视线不经意间扫到了周围的白墙。墙上有自己的人鱼影子，却没有清少纳言的影子。

"纳言，你的影子怎么不见了？"

"刚好碰到了影子的主人，就还给他了。"

清少纳言不愧是一名成年人。在狸猫老板的影子店里购买影子时，清少纳言并没有像彩月和考试机器那样仅仅凭借个人喜好进行冲动消费，而是先逐一确认那些影子原来主人的身份。当她听说鲤鱼旗影子的主人是一名宇航员时，便买下了这个影子。

清少纳言想着只要带上这个影子，那它原来的主人肯定会来找自己。这样她就可以拜托对方，为自己的宇航员之梦打开一条路。

这个计划成功了。清少纳言从城堡乘坐气球逃跑后，在空中飘浮了好几天，然后就有一条硕大的黑色鲤鱼旗追了过来。那就是影子的主人。清少纳言把影子还给了鲤鱼旗，并拜托对方带自己进入宇航员的培训机构。

"怎么把影子还回去呢？"彩月问。

"这个实在是没什么可说的。我就说了一句'影子还给您'，然后那个影子一下子就跳到了对方身上。我连眼睛都没来得及眨一下呢。"

"可是，已经跟在鲤鱼旗身后的那个影子怎么办？"

"那条鲤鱼旗没有影子，什么影子也没有。"

彩月之前一直在担心，就算到了蜡笔王国的白色海岸，找到了自己的影子，影子店的那位狸猫大叔也不在身边，自己要怎么更换影子呢？

听了清少纳言的话之后，彩月感到心里稍微轻松了一些。

她想：我的那个人鱼影子的主人肯定也会过来要

回自己的影子。这么一来，我二话不说就直接把影子还给对方。我身上没有影子，到了白色海岸之后，原来的影子就会直接跳到我身上来。

"阿月，你现在还在练习唱歌吗？"清少纳言问。

"啊？"彩月没有立刻听懂清少纳言话里的意思，等她想明白之后，便忍不住苦笑着回答，"现在哪有心情考虑这个啊。我满脑子都在想着怎样才能回家呢。"

"现在哪有心情考虑这个？"清少纳言的眼睛里立刻喷射出两道像狐狸一样锐利的目光，"彩月，你刚刚说，现在哪有心情考虑这个？"

这次，清少纳言没有带任何昵称，而是直接喊了彩月的名字。她的语气听起来和彩月妈妈生气的时候一模一样。

"彩月，我真是看错你了。我原以为，虽然你平时吊儿郎当的，但内心是很坚定的。可是，你看看你现在这个样子，就像一个迷了路的婴儿，一心只想着回家。你该不会是在偷偷地掉眼泪吧？"

"你说得对，纳言，我就是在哭。不是偷偷地掉眼泪，而是哇哇大哭。我就是一个迷了路的婴儿。难道不是吗？"

"那你想成为一名歌手的梦想呢？"

"现在哪有心情考虑这个啊。"彩月又重复了一遍。

"啪——"

清少纳言打了彩月一个耳光。

"彩月，你给我听好了。你可能再也无法回家了，再也没办法见到妈妈了。可是，即便如此，你还是能够成为一名歌手的。只要你还活着，就有希望。你因为自己经历了一些特殊的事情而感到惊慌失措。然后，又因为这种惊慌失措，就把最重要的那个自己给弄丢了。"

"没错，我正在经历一些特殊的事情，"彩月叫了起来，"都到这种时候、这种地步了，还说什么歌手不歌手的。"

"你们班那个松村同学又是怎么做的？"清少纳言

忽然用一种可怕的声音说，"那个孩子在交通事故中失去了自己的父母，然后被她的叔叔收养了。后来，松村同学转去了别的学校。在你们为她举办的欢送会上，她说了什么？你回想一下。"

彩月想起来了，大约一个月前的某一天，松村同学在教室里双手抱着大家送的花束，说："就算是去了新的学校，我也会继续好好学习，将来一定会成为一名优秀的教师。在天上的爸爸妈妈，请你们一定要保佑我。"

松村同学确实是一下子失去了自己的家、父母和朋友。可是，即便如此，她也没有失去自己想要成为一名小学老师的梦想。不对，应该说，正因为如此，她才会紧紧地抓住这个梦想，不管是将它作为支撑自己的拐杖也好，或是作为支柱也罢。

彩月隐约有些明白了清少纳言话里的意思。只要活着，就要心怀梦想。这意味着，只要心中还有梦想，就能依靠这个梦想继续活下去。如果失去了梦想，那可能就失去了活着的勇气。

"好了，你试着唱一下。"清少纳言命令彩月。

彩月唱了起来，喉咙里发出了一阵"呼哧呼哧"的声音。她用一种糟糕的嗓音唱着：

> 小小贝壳在自言自语
>
> 我是谁，我是谁
>
> 哗啦哗啦，浪花漠不关心
>
> 红色的海星也漠不关心

"就这么一副破嗓子！"彩月突然停了下来，"我的声音变成了这个样子，还怎么继续坚持梦想啊！"

"这或许也是成为歌手的一条必经之路，"清少纳言安慰彩月说，"你有没有想过，自己到底为什么会出现在这种地方？"

"想过了，想过了呀，我都已经想过一百遍啦，"彩月忽然生起气来，"说起来，要不是纳言你从我的大衣口袋里跳出去，就不会发生后来那些事了。"

"原来如此。"只见清少纳言像男人似的"啪"的一声拍了一下手说，"我明白了。彩月，你是觉得你跟着我，才会被卷入后来的那些事。如果你这样想，那就大错特错了。你回想一下，那天在多闻天王寺的洞窟里，我对着那个长着大象脑袋的神仙许愿，希望将来能够成为一名登月火箭的飞行员，而你许的愿望是成为一名歌手。因此，我们才会来到这里。这么一想，你又为什么要感到绝望呢？我们正朝着自己的梦想一步步前进。说不定，我们现在进展得还算不错呢。"

这个时候，整座建筑物里的光线忽然暗了下来。警报器响了。

"车幽灵马上就要从此地经过。请各位切勿外出。"

9.
光之球拍

　　清少纳言告诉彩月．每天晚上都会有几万个车幽灵在地球周围的宇宙中四处乱飞，排放有害气体。这种有害气体叫作呜哑嘿姆毒气。只要吸入这种气体，人就会变得生性多疑、自暴自弃、悲观厌世，无论做什么事情，都提不起精神。

　　"这种毒气非常可怕。一旦吸入这种气体，人就会开始胡思乱想。比如，地球迟早会灭亡，人类终究要死去，无论做什么都没用，无论做什么都无所谓。所以，你现在绝对不能走到外面去。"

说完，清少纳言便上了战场。

　　很快，外面响起了车幽灵可怕的低吼声："嗖呜，噗呜，嗖呜，噗噗……"

　　夜空中的一个角落忽然破开了一个黑洞，有一道淡紫色的亮光如同一股冲破河堤的水流从洞里射了出来。在这道亮光之中，出现了卡车、公交车、消防车、摩托车、邮车、出租车、水泥搅拌车、敞篷汽车……

　　各种各样的车子悬浮在这个宇宙空间里，就像是一支朝着宇宙基地聚拢过来的独角仙大军。

　　彩月将脸贴在窗户上。清少纳言隔着窗玻璃对着这张脸"咚咚咚"地敲了几下。她依旧是那个身穿十二单衣和服的官家大小姐。不过，此时的清少纳言正跨骑在一条巨大的鲤鱼旗上，双手各拿着一个金色的球拍。周围到处都是这种闪闪发光的球拍。看样子，迎战车幽灵的鲤鱼旗巡逻队的队员们也多达上万条。

　　"哐——当——咳——砰——"

　　车幽灵的怒吼声逐渐包围了整座宇宙基地。

到处都是金色的亮光，看起来就像是一朵朵绽放的烟花。

一辆十吨卡车像犀牛似的猛冲了过来。"砰"的一声，清少纳言直接用手里的金色球拍将对方拍飞。这辆卡车瞬间就变成了一个圆滚滚的金球，像一只摇晃着尾巴的巨型蝌蚪在那里拼命挣扎。过了一会儿，它就变成一颗流星，笔直地坠落了下去。

无论是上下左右，还是前面后面，天地之间全都下起了一场车幽灵化身的蝌蚪黄金雨。

不过，车幽灵并没有因此退缩。它们在轰鸣声中再次一拥而上。车幽灵的武器是呜哑嘿姆毒气。随着时间的不断流逝，毒气开始对鲤鱼旗起作用了。

在毒气的影响下，这些巡逻队的队员开始灰心丧气，觉得就算一直这么战斗下去，也无法完全阻止车幽灵。我方战斗力越来越弱，可是敌方似乎拥有用之不竭的无穷力量。

大家挥舞金色球拍的动作也变得越来越迟钝。彩月看到清少纳言正一脸恍惚，一辆黄色翻斗车龇牙咧嘴地从她的身边穿过去也没看见。

"纳言，振作起来！"

彩月在窗户里面叫了起来。这时，"嘀"的一声，响起了一道清亮的警铃声。是巡逻队交接的时间到了。在这座宽敞大楼最边缘的一个角落里，有一个紧急出口，鲤鱼旗的生力军正赶往那里集合。

彩月也不由自主地跟着加入这群鲤鱼旗之中。身为队长的大鲤鱼正在逐个分发光之球拍。

"你是谁？"队长盘问彩月。

"我是清少纳言的朋友。"彩月回答。

"你能行吗？"

"我能行。"

"那你就骑在他的身上。"队长指着一条红鲤鱼说。

这个紧急出口的大门具有三重构造。当第二扇门开启时，第一扇门就会关闭；当第三扇门打开后，第二扇门就会闭合。

等到第三扇门一打开，鲤鱼旗们全都冲进夜空，开始挥舞起光之球拍。

"咚"的一声，彩月直接拍飞了一辆迎面而来的红色摩托车。那种手感真是好极了！红色摩托车变成了一个金球，"咻咻咻"地长出一条小尾巴，开始在那里拼命地挣扎。

说起打网球，那可是彩月的看家本领。这时，又来了一辆小轿车。彩月同样是"吭当"一下就把对方拍飞了。当她"咔嚓"一声将一辆体形庞大的公交车拍回去时，那种手感简直就像是打了全垒打一样痛快无比。

彩月心想，这个真是痛快，太痛快了，管他有几百辆，都放马过来吧！

以前遇到汽车的时候，为了不被车子撞到，彩月每次都会紧紧地盯住对方。在大马路的红绿灯前面，看到那些砂石运输卡车嚣张地飞驰而过，扬起一片沙尘，彩月只能气呼呼地站在一旁干瞪眼。不过，现在

形势反转了，因为她可以直接将这些车子一辆辆地拍飞。

彩月正在那里英勇奋战。每次拍走一辆车子，就计一次数。等数到一百之后，她就不再继续数下去了，而是直接来什么就拍什么。

这个时候，她身下的那条红鲤鱼开始出现精神恍惚的症状。彩月用手"嘭嘭嘭"地拍打着鲤鱼的眼睛，

喊道："像我这种新手都还在继续努力,你也坚持一下啊!"

忽然,彩月看到那条驮着清少纳言的鲤鱼旗正逐渐失去意识地越飘越远。

"喂,我们去救人!"

彩月用脚后跟拼命地踢着鲤鱼的肚子,好不容易才来到了清少纳言的身边。

“纳言！”

清少纳言微微睁开了眼睛，什么话也没有说。看来，她已经彻底成了毒气的手下败将。

彩月拽住清少纳言的手，指挥着东倒西歪的红鲤鱼，好不容易回到了宇宙基地所在的那片云朵上。

紧急出口的门刚打开，彩月的大脑就在毒气的影响下直接停止了运转。她筋疲力尽地瘫坐在地上。在那里待命的队员使劲地将两人拉了进去。

在急救室里呼吸到新鲜空气之后，彩月和清少纳言终于恢复了意识。

“这个毒气会突然起反应，好可怕。”彩月说。

“不过，你这人可真够拼的，可以留下来当队员。”身为医生的鲤鱼旗说。

“才不要呢，我要成为一名歌手。”彩月说。

此时，外面车幽灵的部队已经被打得七零八落。天就要亮了。

呜哑嘿姆毒气也彻底消失了。队长在云上整队，对今天的战果进行总结汇报。最后，队长说："今天的特等功勋奖要颁给一位平民，她叫七町彩月。她在与敌人战斗时意志坚定，和我们巡逻队的队员相比，可以说是有过之而无不及。"

鲤鱼旗们拍打着巨大的胸鳍，给彩月送去了掌声。

彩月拿到了一个桤桐木做的小箱子。打开一看，发现里面是一只漂亮的淡紫色星形贝壳。

接着是庆功宴的时间。鲤鱼旗们要求彩月献唱一曲。虽然彩月的嗓音支离破碎，但大伙儿听得很开心。

"哎呀，真是一首好歌啊。"队长也给予了赞美。或许是因为已经习惯了这种糟糕的嗓音，所以彩月本人也觉得虽然嗓音难听，但自己唱得还算不错。

当大家在那里享受美酒佳肴的时候，彩月在四处打听考试机器的下落。她得到了一个消息，有人在蜡笔王国的一处海岸边，见过一个带着龙虱影子的胖小伙。

"是一个叫前滨的地方。"

"那里是白色海岸吗?"彩月问。

可是,队员中谁也不清楚蜡笔王国的地理位置。

于是,队长便把天鹅们叫过来问话。天鹅回答:"我们听说过白色海岸,但不知道究竟在哪里。如果要去前滨的话,我们可以带你过去。"

彩月听完后,决定先去前滨看看情况。

"我们大概就要在这里告别了,"清少纳言紧紧地握住彩月的手说,"如果你在白色海岸看到我的影子变成了真人,请帮我把她带回来。因为她是另一个我。还有,你要向我保证,将来无论发生什么事情,都不能放弃想成为歌手的梦想。"

于是彩月和清少纳言拉钩约定,彼此都一定不会放弃梦想。

最后,彩月坐进了自己编织的那个网袋里。天鹅们飞起来了,他们的翅膀在清晨的阳光下闪闪发光。

10.
海樱花

　　在广袤无际的前滨沙滩上，只有彩月一个人孤零零地站在那里。湛蓝的大海看起来就像是一块抛了光的金属，海岸上闪烁着象牙色的光泽。天空中已经没有了天鹅们的身影，那里只剩下一大片水盈盈的浅蓝色。

　　在白色沙滩的另一边，是一片绿色的红树林。那些弯弯扭扭的树干看起来仿佛正在跳舞。

　　岸边散落着一大堆小贝壳，可是并没有螃蟹的身影或鸟儿的足迹，甚至连被海浪冲上来的海藻碎片都看不到。

眼前的这片风景虽然色彩艳丽，但充满了一种让人恍惚的静谧感。穿过林梢的风儿，清晰可闻的海浪声，这一切都像是一个不真实的幻影世界。

七町彩月，打起精神来！彩月在心里默默地给自己鼓劲儿打气：如果一直站在这里发呆，我很快就会饿死，很快就会变成一堆白骨，很快就会成为这片白色沙滩的一部分。总之，要先行动起来。可是，我应该拿什么当路标，朝哪个方向走呢？

彩月仔仔细细地观察了一下四周，心里想着因为有人说曾经在前滨见过考试机器，所以自己才会急匆匆地赶到这里。考试机器应该也在寻找自己的影子吧。他可能从谁那里打听到，这个前滨就是他们正在寻找的白色海岸。这么一来，只要我沿着这片沙滩走下去，说不定就会撞见自己的影子正像一条比目鱼似的，优哉游哉地趴在沙滩上。

如果真能这样，那简直就是撞上大运了。不过，彩月同时也意识到，这种情况也并不能说就是万事大吉。万一到了那个时候，人鱼的影子不肯离开自己该怎么办？还有，就算顺利拿回了原先的影子，可是自己一下子失去了人鱼影子的力量，只能依靠两条腿走路又要怎么回家呢？

考试机器真的来到这里了吗？说不定，他已经拿回自己的影子了。不过，还存在另一种可能性。那就是，白色海岸其实在另外一个地方，所以考试机器早就"嗡"的一声飞着离开了这里。毕竟他的身上带着龙虱的翅膀。

彩月越想心里越没底。

最后，她开始无精打采地在沙滩上走了起来。黑乎乎的人鱼影子就拖在身后那片白色海岸上。之前，清少纳言就是到处展示自己的影子，才引来了影子原来的主人鲤鱼旗。

走累了的时候，彩月会轻飘飘地浮在蓝色海面上休息一会儿。虽然对彩月来说，现在游泳比走路轻松多了，可是在海里游着，就无法清晰地展现自己身上的人鱼影子。

彩月就这样走了近两个小时。脚下永远都是一片洁白的沙滩，四周永远都是寂静无声。这时，彩月开始意识到，这里并不是影子们聚集的那个白色海岸，否则，她应该能看到有影子在沙滩的某个地方晒着太阳。

彩月停下脚步，坐在了沙滩上。这一大片白色，看得人眼睛发酸。她闭上双眼，脑海中浮现出十几只金色蝌蚪。那是昨晚在黑黢（qū）黢的宇宙里四处乱窜的车幽灵。当彩月用五线谱将这些金色蝌蚪停留的位置连接起来之后，这些金色蝌蚪便成了一个个音符，一曲歌声自然而然地从彩月口中流淌出来。

梦想破灭了一点点

精神懦弱了一点点

眼泪流出了一点点

还是等等吧，白色海岸

空无一人的白色海岸

我是不是来迟了？

又一次

风在吹，云在飘

空无一物的白色海岸

不知道从什么时候开始，周围出现了一种异样的氛围。彩月感觉好像有谁在无声地斥责自己。于是，她闭上了嘴巴。

"兮——兮——"

这是退潮的海浪卷走沙子时发出来的声音吗？这个声音听起来似乎想表达某种意思。

就在这个时候，有一个黑色的东西从海边冒了出来。紧接着，又一个，两个……

眼看着面前的这片海面上出现了一个个黑色的脑袋，几百双大眼睛里喷射出一道道愤怒的目光，宛如一片凶猛的火力刺进了彩月的身体里。

他们是人鱼。因为个头实在太小了，所以一开始彩月还以为是水獭或海獭。那些闪着亮光的深褐色小脸完完全全就是一张张人脸，而漂浮在波浪之间的深褐色长发，看起来就像是日本古代贵族女子身穿的那种巨大的裙裳。

直觉告诉彩月，人鱼要来夺回自己的影子了。

有一股敌意从彩月的身体里喷涌而出。

她想，虽然我是来归还影子的，可是绝不能变成我是在那群家伙的恐吓下投降认输后才还回去的。如果那群家伙想从我这里夺回影子，那我决不能让他们得逞。

彩月一边紧紧地盯着海浪之间的那一大群人鱼，一边满不在乎地重新唱了起来。

"呀——"

人鱼们发出了一声惨叫。他们高声叫嚷了起来："不要唱了！""你不知道现在是什么时候了吗？！"

人鱼们一边叫，一边不断地走上沙滩，其中体形较大的人鱼也没有一米长。彩月原本还担心自己和人鱼之间会发生一场搏斗，但是，当她看到人鱼们只能凭借那一对纤细的胳膊拼命地爬向自己的时候，心中的那份紧张感便荡然无存了。

"为什么不能唱？因为我唱得太难听了？"

"海樱花不是马上就要开了吗？"一条已经爬到彩月脚边的人鱼大声训斥她说，"如果被海樱花听到，会有什么后果？！不管你现在有多么想唱歌，那都不能唱啊！"

"对不起，"彩月先道了歉，然后，她接着问，"我刚来到这里，还什么都不知道。请你告诉我，海樱花是个什么东西？"

当人鱼们发现彩月是真的一无所知时，他们那一张张严肃的深褐色小脸上才终于露出了一丝缓和的表情。仔细一看，彩月发现眼前这些生机勃勃的脸蛋全都长得不一样。她感觉自己就像是被学校的同学们团团围在了中间。这让她感到很安全。接着，人鱼们便开始你一句我一句地将事情的原委告诉了彩月。将这些话全部串起来之后，彩月终于明白了人鱼们究竟在害怕什么。

在大海的深处，生长着一种叫作海樱花的树木。这种海樱花的树干十分光滑，红色的树皮看起来比珊瑚还要鲜艳。一年之中只有一天时间，海樱花的树上会长满洁白的花朵。到了那个时候，海底白茫茫的一片，看起来非常漂亮。可是，与此同时，可怕的命运也将降临到人鱼们的头上。

在开花的时候，海樱花就会从植物变成动物。他们的树根就像章鱼脚那样布满了吸盘。海樱花们可以抬起树根在海底移动。长满洁白花朵的树枝就像海葵的触手那样扭来扭去，伺机捕捉猎物。海樱花的花朵要想结成果实或生出种子，就必须摄取必要的营养。而这些营养就是年轻的人鱼。

海樱花的花瓣拥有一种特殊的听觉功能，可以识别人鱼的歌声。只要一听到歌声，盛开的海樱花便会全体出动，开始捕猎人鱼。几十棵甚至几百棵海樱花将树枝缠绕在一起，形成一张包围网。他们可以在海底畅通无阻地滑行，要么直接将人鱼团团围住，要么将人鱼赶到岩石或海岸上去。就算到了陆地，海樱花移动的速度也比人鱼快。眼看越来越多的人鱼被海樱花的树枝缠住，而这些树枝具有一股惊人的力量，可以将人鱼直接压扁、捋直成一条条像裙带菜或海带那样扁平的人鱼带子。最后，海樱花会将这些人鱼带子缠绕在自己鲜红色的树干上来吸取营养。

"如果刚才的歌声被海樱花听到的话……"人鱼们忧心忡忡地说。

"没关系。只要大家齐心协力，肯定会想出办法来的。对了，我想请你们先听听我的故事。"

接下来，彩月就把自己如何来到蜡笔王国的经过告诉了人鱼们。

"啊——影子们聚集的白色海岸啊，从车站搭乘怒火特快列车去，是最简单的方案。"一条人鱼说。

"车站？这里有车站吗？"

"有啊。只要穿过这片红树林，就会看到铁轨。你站在铁轨上环视一下四周，就能立刻看到车站了。"

"啊——真是太好了。不过，我想先把身上的这个影子还给你们。"

人鱼们一听，便纷纷聚拢到彩月的身边。他们一会儿碰碰影子，一会儿又像狗那样一边哼气一边嗅嗅味道。慢慢地，大家都不说话了。四周一片寂静，空气里弥漫着一股不同寻常的气息。

一条人鱼、两条人鱼、三条人鱼……人鱼们一条接一条地跳进大海里。不一会儿，人鱼群中便充斥着一股恐惧的气息。

所有人鱼全在同一时间逃离彩月，奔向了大海。

"你们怎么了？为什么要怕我？"彩月眼疾手快地抓住了身边一条小人鱼问道，此刻，她的两个胳膊正紧紧地抱住人鱼不断挣扎的身体，"为什么？是因为海樱花来了吗?"

"不是,是因为你的这个影子的主人已经死了!"这条人鱼大叫了起来,拼命地挣扎,想从彩月的手中逃脱,"和带着亡者影子的人待在一起,一定会发生不好的事情。你再不快点儿把这个影子扔掉的话……"

"怎么扔?要怎么做才能扔掉这个影子?"

"我不知道。"

人鱼用锋利的牙齿咬住了彩月的胳膊。彩月一吃痛,便放开了人鱼。

"对不起!上了年纪的人鱼奶奶知道怎么拿掉影子。"说完,这条人鱼便跳进了大海。

彩月在岸边呆呆地站了一会儿。然后,她重新打起精神,追着人鱼们跳进了大海。她必须去找人鱼奶奶,向她打听怎样才能拿掉这个不吉利的影子。

在珊瑚礁之间清澈的蓝色海水中游泳,与在那条充满淤泥的护城河里游泳,以及后来的小河里游泳的感觉都不一样。这里是一个明亮壮丽的水下世界。

此时，彩月的眼前出现了一大片珊瑚。一开始，她以为那是一丛丛长得像桌子一样的鹿角珊瑚，仔细一看才发现，原来是一些外表像一朵朵花儿的巨型穴孔珊瑚，组成了阶梯状的海底。一群朱红色和群青色的热带鱼在珊瑚丛中游来游去，看起来就像是一颗颗璀璨夺目的宝石。

长得很像王瓜花的八放珊瑚，舒展着自己淡黄色的纤细触须。鲜红色的软珊瑚高高隆起。柳珊瑚仿佛全身裹了一层蒲公英的绒毛。无论和陆地上的哪一座花园相比，眼前的这幅美景都毫不逊色。

一开始，彩月还在海底四处寻找人鱼的踪迹。但她慢慢地便停止了搜寻。因为她已经完全被眼前如梦境般的神秘美景吸引了。

四周的光线逐渐暗淡了下来，海底开始大放异彩。白天收缩在一起的珊瑚触须正纷纷伸展开来，散发出五颜六色的荧光。珊瑚们开始活动了。

一群外形酷似细长铅笔的黄色鱼儿正在追逐几万

条绿叶子似的小鱼。忽然，有一群菱形的红色鱼儿倾斜着身体，井然有序地从头顶上方游了下来，看起来就像是一张张剪纸。长着高额头的方头鱼们正在一边游动，一边摇晃着自己的大脑袋。

突然，有一个黑色物体像一支箭似的飞了过去。接着，又是一个。然后，是三个。从反方向也冲过来一个。这些都是人鱼。他们在水中四处张望，急速地游来游去，身下的尾巴不安地摇晃着。

"海樱花来了吗?"彩月问。

"不知道会不会来这边。不过，可能会来。"

也许是过于恐惧的缘故，人鱼们的脸色已经变得一片苍白。他们可能早已把彩月忘得一干二净了。

接着，又有五六条人鱼零星地逃了过来。

"来了! 从那边过来了!"

"这边也来了!"

彩月拼命地睁大眼睛、竖起耳朵，可是，她并没有发现任何异样。人鱼们却害怕得瑟瑟发抖，恐惧得眼珠子都快要瞪出来了。

"咚咚咚。"一大群黑乎乎的人鱼冲了过来。正当彩月以为他们会发了疯似的直接冲过去时，没想到这些人鱼又重新折返了回来。刚刚冲过去的那些人鱼带回了更多的同伴。他们就这样不断地在那里冲来冲去。最后，几百条人鱼全都紧紧地聚拢在同一个地方。为了避免看到接下来即将发生的惨剧，所有人鱼都拼命地往人鱼群里钻，聚成了一个黑不溜秋的毛线球。

彩月挣扎着从人鱼群里逃了出来。人鱼们已经彻底丧失理智，陷入了集体的歇斯底里之中。这么一来，海樱花倒是可以轻而易举地抓住人鱼，将他们一网打尽。

海樱花究竟长什么样？他们目前在哪里？彩月决定去侦察一下。四周清澈的海水让彩月一眼就能看到远处的情形。

在一处凹陷的海底，出现了一片白茫茫的奇怪亮光。

那是海樱花。为了能够看清对方的模样，彩月开始不断地下潜。正在这个时候，她的身旁忽然亮起了一片白光。紧接着，左边也出现了这种白光。到处都是海樱花。含苞未放的海樱花不会发光，因此彩月没有察觉这些海樱花的存在。等他们不断绽放之后，彩月才意识到，原来自己已经落入了一大片海樱花的包围里。

彩月急忙游回海面附近。等她重新低头往下一看，发现那片冰冷的白光已经升到了海面的位置。海樱花的绽放速度非常快，海里开始到处亮起这种朦胧的白光。

彩月心想，如果自己身上没有人鱼的影子，大概也看不到这么美丽的景色了吧。在那些如烈火燃烧般绚丽的橘黄色树枝上，每一朵怒放的海樱花都像是抛了光的贝壳，舒展着五片花瓣，散发出迷人的光泽。

彩月开始朝着和人鱼们相反的方向游去。她开口唱了起来。

彩月一边唱，一边在心里嘀咕：我的嗓音果然还是不行啊，原以为在这种时候，嗓子会突然变好的呢。

她的计划是，用自己的歌声将海樱花引到岸上去。

彩月不是真正的人鱼，在学校进行五十米赛跑时，她只用整整九秒就跑完了。因此，一旦上了岸，彩月一定能逃脱海樱花的追捕。

这时，彩月的身后一下子出现了一片亮光，身体下方也亮了起来。看来，海樱花们对她的歌声产生了反应。

回头一看，眼前的情景让彩月大吃一惊。一棵差不多有十米高的海樱花巨树正悄无声息地朝着她笔直地浮了上来。此刻的海面连上空都被照亮了，一眼望去，就像出现了一片朦朦胧胧的白色极光。

在彩月的腹部正下方，海樱花的树梢正在不断地逼近。那些树枝就像鞭子一样剧烈摇晃。彩月看到了海樱花的白色花朵。

在彩月眼中，这些花朵宛如一张张怪物的脸，正

撇着嘴对她冷笑。

有一棵海樱花从左边横扫了过来。那些章鱼脚似的树枝扭来扭去，树枝上密密麻麻的花朵不断地收缩蠕动，看起来就像一个个可怕的吸盘。

还有一棵海樱花从右下方发起了进攻。彩月刚躲过他的袭击，左边那棵海樱花就在角落里高高举起血管似的树枝，摆好了一副正欲挥刀下劈的架势，准备将彩月五花大绑。

彩月将脸微微露出水面，确认了一下自己到岸边的距离。

"哗啦，哗啦。"

追在身后的海樱花们也冲破了海面。现在，那些海樱花的半个身子暴露在空气之中。虽然海樱花一露出水面，那些细长的树枝和花朵就无精打采地垂挂着，但是他们的树干和粗壮的树枝依旧牢牢地支撑着整个身体。

"咔嚓——"

一股巨大的力量抓住了彩月，让她无法再继续向前移动。彩月终究还是被海樱花的树枝逮住了。现在，她的脚踝上正缠绕着一圈非常纤细的小树枝。她就像一条被夹住了尾巴的小鱼，使出浑身力气，拼命地扭动、挣扎。

另一根开满了花朵的树枝宛如一条白色的鞭子出现在彩月的腹部下方。如果被这根树枝缠住的话，那就彻底完蛋了。于是，彩月使出吃奶的力气，拼命地往上一跃。"哗啦"一声，她整个人又掉了下去。原来，彩月硬生生地把脚踝上的那根小树枝扯断了。

太好了！彩月感到了一丝庆幸。不过，她立刻又被脚底触碰到的坚硬物体吓得连喝了好几口海水。难道自己又要被海樱花抓住了吗？彩月赶紧用力一蹬脚，令人惊讶的是，她踢到的不是海樱花，而是一片浅水区的海底。

彩月站直身子，开始"呼啦呼啦"地在水里跑了起来。海面先从她的腰部降到了大腿，又从大腿降到了膝盖。海水变得越来越浅。她看到白色的海岸了。彩月身后就是海樱花。他们高高地并排站在那里，仿佛是一个个披头散发的白发妖怪。

等波浪只及脚踝的时候，彩月又重新唱了起来。她必须把海樱花们引到陆地上来。

放眼望去，海面上的那些海樱花既像一只只开屏的白孔雀，又像一大片珍珠绣线菊。彩月站在岸边，面朝大海，用力地唱了起来。

可是，这究竟是怎么一回事呢？那一大群像白色山峦连绵起伏的海樱花全部慢慢地沉入了海底。最后，海面上空无一物，就连那些白光也消失了。

此时，月亮升起来了。站在白色海岸上的彩月忽然紧张得闭上了嘴巴。她发现自己已经恢复了原来的声音，不再是那副"呼哧呼哧"的破锣嗓子了。

难道是……彩月一边想，一边小心翼翼地看向自己的脚边。那里没有影子。她在原地转了一圈，果然，什么影子也没有。

人鱼的影子掉了。在她用力甩开缠在脚踝上的海樱花的树枝时，那个不吉利的亡者的影子也跟着一起掉落了。这么一来，她就不再是一条人鱼了。正因为如此，海樱花们才会停止攻击，不顾她的歌声回到了海里。

　　啊——太好了！彩月一边庆幸，一边疲惫地瘫倒在沙滩上。她就这样一动不动地久久仰望着满天的繁星。

11.
丛林里的电话亭

涨潮之后，这片海岸的面积看起来变得比前一天更小了一些。

火辣辣的阳光照在地面上。彩月正在仔细地抖落衣服上的沙子。然后，她站了起来。

彩月失去了人鱼的影子，又重新变回了人类。现在，她最想做的一件事，就是用淡水洗个澡，再换一身新的内衣和外套。虽然身上的衣服已经干了，但因为之前吸收了大量的海水，所以闻起来有一股岸边礁石的味道。而她的身上应该也吸附了很多浮游生物吧。

142

话说回来，五年级刚开学的时候，彩月曾在一节理科课上用显微镜观察过剑水蚤和眼虫。这些生物的脑袋长着触角，腿上长着毛，彩月看到它们正活力十足地在水里游来游去，而它们的身上还藏有一大堆令人恶心的虫卵。当时，老师对大家说："一杯海水里有几十万只这样的浮游生物。"如果老师没有说错的话，那么现在彩月的皮肤和内衣缝隙里估计有几百万只浮游生物正在慢慢死去。

　　彩月开始朝绿林子的方向走去。按照人鱼们的说法，她应该很快就会看到一条铁轨。

　　这片绿林子里长满了一种叫红树的植物。这种树木差不多都只有三米左右高，看起来就像是被统一剃了平头。林子上方的天空清晰可见。阳光照进林子，从树枝上伸进土里的气生根（暴露在空气中可以进行呼吸的树根）有彩月的肩膀那么高。它们就像是一条条相互缠绕的蛇，交织成一道道栅栏，阻挡在彩月前进的道路上。光是跨下去就已经很困难了，更别提还要把踩下去的脚重新提起来，然后下一步应该踩在哪里便又成了一道难题。盘根错节的气生根垂挂在头顶上方。彩月双手握住气生根，就像野外攀缘一般，不断地穿梭前进。

差不多过了一个小时，彩月终于走出了这片红树林。她的眼前出现了一个广场。那里长着稀稀疏疏的椰子树，还铺了草坪，建了小路，看样子是一个人工打造的公园。

这时，彩月看到了一座外表刷着黄色油漆的六角形建筑物。这令她大吃一惊。

"那是一个电话亭。"彩月边说边跑了过去。没错，那就是一个电话亭。

彩月打开电话亭的门，走了进去。她神情紧张地盯着眼前的柠檬色话筒。她身上没有钱。从城堡的屋顶上跳下来的时候，彩月扔掉了身上的大衣。钱包就在那件大衣的口袋里。

不过，彩月还是拿起了话筒。她听到里面传出

"嘀"的一声。

彩月毫不犹豫地按下了自己家的电话号码。

"嘟——嘟——嘟——"

电话另一头传来了一阵忙音。在这种紧要关头，妈妈到底在和谁煲电话粥啊！在这种时候，在这样的地方，自己还能够打电话，简直就是天上掉馅饼！可是，妈妈偏偏选在这种时候煲电话粥！

彩月一边想，一边挂上了话筒。然后，她又重新拨打了一遍。

"嘟——嘟——嘟——"

对方仍然还在通话之中。

"妈妈，你就好好地后悔去吧，"彩月脱口而出，"就因为你在那里优哉游哉地聊天，我可能都没法活着回去啦。"

当彩月第三次拨出那个电话号码时，话筒里传来了"嘟嘟嘟"的声音。

"您拨打的号码是空号。请核对后再拨。嘟

嘟嘟……"

"看吧，信号断了。"彩月小声地说。机会已失，失不再来。彩月不死心地重新拨打了几次，可是话筒里都只有"嘟嘟嘟"的声音。

既然已经这样了，那就不管三七二十一，直接拨个国际长途试试吧。

彩月边想边按下了一个地区代码。那是以前给爸爸拨打国际长途电话时必须按的一组数字。很快，话筒里便传来了一个女人的声音："请问，您想拨打哪里的电话？"

彩月激动地把国家名字和电话号码告诉了对方。对方听完后，只说了一句："请不要挂断电话。"

几声"嘟——嘟——"之后，话筒里忽然传来了一阵叽里呱啦的声音。当彩月意识到对方在说英语后，她立刻不顾一切地说道"MY name is Qi Ting Cai Yue"（我的名字是七町彩月），并用英语请求对方让爸爸接电话。

"哦！七町先生，是你女儿打来的电话。"对方用英语喊了起来。

接着，彩月便听到对方好像在用英语说她爸爸现在不在。她立刻意识到，如果这通电话被挂断的话，那就麻烦了。于是，彩月赶紧用英语接着说："tape，tape recorder①，我要唱歌。歌曲用英语怎么说来着？song，song。"

既然是爸爸身边的人，那么应该知道爸爸每次和彩月打电话时，都会用磁带录下女儿的歌声。果然，对方说了一句"Wait，just moment②"，然后好像就去找磁带了。

对方是谁呢？该不会是沃纳博士吧？彩月刚想到这里，对面那个人就用英语说："OK，OK，请吧。"

"爸爸，彩月现在正在蜡笔王国的白色海岸。虽然人没事，但我想早点儿回家。"

① 彩月的意思是请求对方用磁带录音机录音，中文是"磁带，录音机"。
② 意思是请等一下。

说完，彩月吸了一口气，将浮现在脑海里的歌词直接唱了出来：

去稍微休息一会儿，怎么样？

没必要这么着急

去白色海岸

听听海浪的声音吧

将蓝天装满口袋

将影子埋进滚烫的沙子里

唱一首光的赞歌吧

噜噜噜，好多朋友

白色海岸

噜噜噜，好多梦想

白色海岸

噜噜噜，噜噜噜

去稍微休息一会儿，怎么样？

没必要这么着急

彩月唱完，话筒里传来了"啪啪啪"的鼓掌声。随后，出现了几个人的交谈声。接着，"嘟"的一声，电话断了。

彩月再次拿起话筒时，发现里面已经没有任何声音了。

彩月走出了电话亭。这时，有人从道路的另一头走了过来。对方穿着一件肥大的灰色上衣和一条黑白相间的竖条纹裤子，后脑勺扣着一顶红色贝雷帽。那张灰色的脸看起来不像是人类的脸。

"哎呀，你好呀。"对方亲切地打了声招呼，细细长长的眼睛周围布满了皱纹，看着倒是和多闻天王寺地下通道里供奉着的那个神仙很像。只不过，他长了一个猪鼻子似的凸鼻子。

彩月曾经在动物园里见过这种动物，是一只黑白两色的亚洲貘。

"刚才是你在打电话吧，"貘说，"这是你的话费账单。"

说完，他便将一张薄薄的纸条递给了彩月。彩月呆呆地盯着上面用墨水写着的四个数字。

"我没钱。"

"没钱？"貘的脸上露出了一丝惊讶的表情，他先是沉默了一会儿，然后怒气冲冲地问，"你没带钱，却打了电话？"

"因为没带钱，所以才打电话。"彩月鼓起勇气回答。然后，她便陷入了沉默。

"你没钱支付话费账单，那可怎么办？你有没有什么东西可以拿来抵债？"

"……"

"总之，你先跟我走一趟吧。我是这个公园电话亭的管理员。"

这只貘虽然看上去心肠并不好，不过也不怎么坏。彩月本来也不知道自己接下来该往哪里走，于是便跟在了貘的身后。

走出公园，眼前出现了一座城镇，还有一座看起来像是车站的建筑物。服饰用品店的玻璃橱窗里正展示着一些明艳的春季服装。

我现在的样子肯定和乞丐差不多，这么一想，彩月心里便生出了一种凄凉的感觉。她垂着头，心情沮丧地走在马路上。

貘走进了一座小楼。小楼的玻璃窗上贴满了广告，上面胡乱地打着一些叉，标着一些数字，旁边写着"风景绝佳，新房""离车站只要五分钟，上下水管道设备齐全，光线充足"等广告词。看来，这只貘还从事买卖房屋和土地不动产的工作。

戴着眼镜的貘夫人正坐在桌子前记账。不管是对自己的丈夫，还是对丈夫带回来的这名少女，这位貘夫人都没抬头看一眼。

"车站里的推销工作做得怎么样？"貘夫人低着头问。

"有钱的究竟都在哪里？难道大部分有钱的都滚去

地狱了吗？"

"那你也快点儿去一趟地狱吧。"貘夫人说。

"你来这里一下。"貘命令彩月，然后便将她带到了房间的一个角落里。

"你站上去看看。"貘指着一个学校医务室里的那种体重计说。为什么要测体重呢？一个可怕的念头在彩月脑海里一闪而过：不会要吃掉我吧？只见貘慢悠悠地嘀咕了一句："30.4公斤啊。"说完，他便把这个数字写在了桌上一张报纸的边角处。

"接下来，你站在这个上面再称一次。"

这是一台旧式的铁质大磅秤，上面甚至还有一些红色的铁锈。彩月曾经在车站管理处看过这种秤。通过插入或替换黑色的大秤砣，使正中间的秤杆像天平一样达到左右平衡，然后就可以从上面读取数字了。

"咦？"貘先是哼了一声，接着又小声地说了一句，"这不可能啊。"

他重新替换了几块黑色的铁秤砣，然后，兴致勃

勃地问："小姐，你的梦想是什么？"

"我想成为一名歌手。"

"哦——这是一个很常见的梦想，"貘在那里嘀嘀咕咕地说，"真的是太普通了。并且，这还是一个往往无法实现的梦想。你这个梦想，我买下了。我要买你的梦想，而且，我还会出一个好价格。"

"什么？"

彩月大吃一惊。虽然以前也听说过貘会吞噬人的梦境，但是买卖梦想究竟是怎么一回事呢？

"你不是没带钱吗？那就按我说的做。"貘说。

"怎样才算把梦想卖掉了呢？"

"只要你对自己说：我不会成为什么歌手，我已经抛弃这个梦想了。"

彩月站在那里思考了一会儿。无论如何，她都无法说出这样的话。可是，她又很想知道自己的梦想到底能值多少钱。

于是，彩月问："那你准备出多少钱来买我的梦想?"

"肯定是根据我们童叟无欺、光明正大的貘商法来计价啦。我刚才不是单独给你的梦想称过重量了嘛。根据昨天梦想的交易价来计算,每克梦想是一百十九日元二十八钱①,所以你的梦想大概值这个价。"

说着,貘在一张纸上流利地写出了一连串的零。这是一个金额巨大的数字。

"只要有了这笔钱,你就可以买到一座华丽的城堡,带喷泉和庭院的那种。不仅有马车,还有仆人、男管家、洗衣女工、门卫、厨师等,差不多二十多个吧。"

当彩月还陷在这些话带给她的震惊当中时,那位戴眼镜的貘夫人突然从一旁将自己的长鼻子伸了过来,说:"我们从年魔王那里拿到了城堡小镇的独家销售权。这位小姐,那里有十二座大城堡和三百六十五

---

① 钱是日本曾经通用的一种货币单位,100钱等于1日元。

155

座可爱迷人的小城堡。好啦，您可以先去那里看一看。如果不喜欢的话，那就算了。我们绝不会为了话费账单这种小事斤斤计较的。总之，请您先去那里看一看。喂，你快去弄辆马车来。"

在好奇心的驱动下，彩月决定去一趟獏的城堡小镇。

12.
獏的城堡小镇

马车离开镇子，沿着山坡往山上驶去。车轴一路慢慢悠悠地左右摇摆，发出"啪嗒，啪嗒"的声响。没过多久，马车便来到了一处山顶。那里长满了嫩绿色的山毛榉，还有一根黄黑条纹相间的路障栏杆横在路中间。

"请下来，我们要去跟年魔王打声招呼。"獏示意彩月和自己一起过去。

在路障栏杆旁边的山毛榉林子里，有一个又大又深的岩洞，看样子倒像是一个熊窟。

獏站在岩洞前，大声地喊了一句："来客人啦，请放行！"

彩月聚精会神地盯着那个黑黢黢的洞穴。忽然，里面亮起了两个圆点，是一对黄色的眼珠子。那个大概就是年魔王。"咕噜，咕噜。"从洞里传来了一阵喉咙震动的声音。该不会是一只山猫吧？彩月感到有些害怕。这时，獏已经急匆匆地往马车走去。虽然年魔王什么也没有说，不过那根路障栏杆已经"吱"的一声升了起来。"驾！"獏对着马挥了一鞭子，马车便"咯噔咯噔"地快速通过了山顶。

"这一带啊，"獏指着那片长着歪歪扭扭的灰色树干的山毛榉林子说，"是一片可以捕到狐狸的森林。虽然里面也有很多野兔，不过还是抓狐狸比较有意思。"

山毛榉和蒙古栎的新芽呈现出美丽的祖母绿，让人眼前一亮。林子的地面上到处都是怒放着纯白色花朵的车轮草。

此时，车窗外的视野变得稍微开阔了一些。

一道道绿色的山脉看起来就像上下起伏的波浪，地势平稳处也有一些流畅的褶皱线条。山谷之间零星点缀着红色的尖塔、蓝色的屋顶和白色的城墙。这些物体正散发着如梦似幻的光芒。仿佛连太阳都特意为这个地方准备了浓密的光线，让这些景物在阳光下呈现出水润般的光泽。猠指着一个像镜面或积雪那样白得发亮的地方说："那个池子是这里的居民去打野鸭的地方。那一圈差不多有八千米长。池里还有鸳鸯。"

在树林之间，到处都能看见一些时隐时现的城堡。有的深黄色城堡就像寺庙那样建了好几座修长的尖塔；有的砖头城堡是圆柱形的，看起来就像是戴了一顶皇冠；有的城堡的瓦顶映出蜂蜜色的亮光，白色的墙壁上嵌着鲜艳的彩色玻璃。

马车还在不断地往山下驶去。

"我们先从这座城堡开始参观吧。"

马车停在了一座玻璃城堡前。

这座玻璃城堡散发着宝石般的璀璨光芒。连那个造型复杂的屋顶都镶满了紫红色的彩色玻璃。墙壁上嵌着浅黄色的彩色玻璃，在阳光的照射下，一会儿变成深褐色，一会儿又变成了橘黄色。

正面是一个铺着草坪的大庭院。庭院中有一条潺潺流动的小溪。溪面很窄，彩月感觉自己一脚就能跳过去。小溪里有两只天鹅。他们看着彩月，高高地抬起金黄色的嘴巴，似乎有话想跟彩月讲。

"在这条小溪里，可以钓到鳟鱼，"獏介绍说，"当然，如果您想的话，还可以钓到青蛙。接下来，我们去城堡里看一下吧。"

城堡的大门上嵌着一个狮子头像的雕饰。獏将手伸进狮子的嘴巴里，在里面捣鼓了一会儿。很快，面前这扇笨重的大门便"吱"的一声打开了。有一阵花香扑鼻而来。

眼前突然出现了一个大厅。不过，那里面没有任何家具或日用品。墙壁四周摆放着一圈花盆，里面种着怒放的美丽兰花。

"这座城堡是专门为一位喜爱跳舞的法国公主建造的。据说，每当客人到来，就可以直接在这里跳舞。应该说，那些人就是为了享受跳舞的乐趣才来这里做客的。这间大厅最多可以容纳三十六位舞者一起跳舞。那里有一块比较低的地板，是乐手们的演奏场地。"

说完，獏"啪啪啪"地拍了几下手。

有十二个小人一个接一个地从走廊的另一头走了出来。

这些小人身上穿着同款的红色制服，头上戴着相同的尖顶帽子，留着金黄色的头发，脸上露出一副紧张严肃的表情。

"这些是爱花小人，在这里负责照顾兰花，可以算是仆人吧。本来嘛，这么小的身体也干不了什么大事。不过，他们可以陪主人聊天，"当看到彩月正呆呆地望着眼前这精彩纷呈的一幕时，獏满意地说，"怎么样？要不要买下这座城堡？把你的梦想卖给我，这么一来，这里所有的东西就全归你了。"

彩月心想：是啊，只要下定决心，我就可以生活在童话故事般的世界里了。

"我选这个"这四个字已经冲到了彩月的喉咙口。不过，她最后只是深深地叹了一口气。

獏看到后，又重新提起精神对彩月说："那我们再去看看另一座城堡吧。在买东西的时候，确实应该货比三家。"

这一次，他们参观的是一座庄重威严的石头城堡。城堡的外墙爬满了常春藤，宛如一座历史悠久的美术馆。

有一座宽敞的楼梯通往城堡的地下。在沿着楼梯往下走的途中，獏指着一扇门对彩月说："这扇门的后面是一个酒窖，里面全是桶装葡萄酒，你大概会觉得没什么意思吧，虽然我是挺想看一看的。"

獏脸上的那根长鼻子的鼻尖动来动去，只听他嘟哝了一句："一百年的藏酒，两百年的藏酒，堆得到处都是。"

这条通往地下的楼梯有几十个台阶。当彩月心里开始打鼓的时候，他们终于走到了地下室前那条宽敞的走廊里。

　　"我们就从这里开始慢慢逛吧。俗话说嘛，欲速则不达。"

　　不过，獏没有进入那个门前立着一座手举水罐的白色维纳斯雕像的房间，而是沿着这条半圆形的走廊走了过去。他一边走一边介绍："这座城堡是一名对饮食非常讲究的公爵建造的。这位公爵在收集餐具方面很有眼光。他收集的餐具拿来开十家餐厅都绰绰有余。"

　　白色的大理石墙壁上雕刻着不计其数的餐具收纳架，上面摆放着各种形状的大盘子、小碟子、大碗和罐子。其中有璀璨夺目的黄金餐具，也有泛着柔光的素雅银具。一路上摆放着数不胜数的白色陶器。这些在头顶或脚边陈列着的贵重器皿，全望着彩月的侧脸。

　　接着，眼前出现了一扇房门，门口竖立着一座中世纪骑士的铜像。獏打开门，走了进去。这个房间的圆形穹顶高得令人头晕目眩，看来他们之前已朝着地下走了很长一段楼梯。造型低调的大吊灯在九十九张经过抛光打磨的大理石圆桌上洒下一片暗淡的光。

"这座城堡和刚才那座不一样。这是一座有五十个小人的大城堡。虽然对我来说，这笔买卖不太划算。"

住在这么一座大城堡里，有五十个小人服侍自己，每天都可以吃到山珍海味。光想着，彩月的肚子就已经开始"咕咕"叫了。肚子仿佛在叫嚷着："快点儿买下这座城堡。"可是这么一来，她就无法成为一名歌手，也无法再见到爸爸妈妈了。彩月慢慢地冷静了下来。

"我还是得回去。我想快点儿去白色海岸。"

"哦——"獏的脸上露出一丝不快的神情，"那我们最后再看一座城堡吧。这次的城堡非常适合居住，会给人一种亲切的感觉。另外，价格也便宜。你卖掉梦想后剩下的钱，可以给你现金，你可以用这笔钱去

165

白色海岸。如果想的话，你还可以用这笔钱回家。来吧，就这么干吧。只要有了钱，想去哪里都随你的便。否则，你身无分文，连白色海岸也去不了，因为你没钱买怒火特快列车的车票。"

确实如此。彩月听完后，点了点头。

最后，獏将彩月带到了一座看起来像是山间小教堂的建筑前面。门口有两匹垂着长长银色鬃毛的小马正在那里吃草。彩月一看便立刻激动了起来。她一直很想抱一抱这种经常在马戏团里看到的漂亮小马。

彩月用双手怀抱住小马的脖子，小马伸出舌头在彩月的脸颊上舔来舔去。

她心想：我太想要这匹马了，好，我就买下这座房子吧，这么一来，就算不能去白色海岸，我也可以在这里幸福地生活，而我的影子会变成我，然后回到我的家，大家都很高兴，以为是我回来了。对，就是这么一回事。影子不就是我嘛。而另一个我就在蜡笔王国的城堡小镇里，和小马一起生活。或许，这样也不算太坏。

彩月走了进去。这里就像是高原上那种令人熟悉的小旅馆，铺在地板上的粉红色地毯柔软得似乎一脚踩上去就会留下一个脚印。

"这边是化妆室。"獏边说边推开了一扇小门。正对面的墙壁上嵌满了镜子，反方向的那面墙上挂着红色的窗帘。獏朝着左右两边一拉，窗帘打开了。

各类衣物一下子跃入了彩月的眼帘。五光十色的漂亮礼服、大衣……就像百货公司服装卖场里的商品那样整整齐齐地摆放在那里。另外，还有帽子架。

"这边是鞋子。"

彩月如痴如醉地看着眼前的这一切，心里想着，我要买下这座城堡，好想快点儿把那一堆像小山似的衣服全都拿出来试穿一遍，然后来一场时装秀。

"接下来，我们去浴室看一下吧。"

说完，獏便沿着那条地板锃亮的走廊来到了内庭。

那里有一间明亮的玻璃阳光房，旁边就是浴室。

浅蓝色的圆形陶瓷浴缸在阳光下闪闪发光。热腾腾的温泉水正在"哗啦哗啦"地往外涌出。水面倒映着后山的绿影。影子在水中摇曳，还能看见白色的天空。

"你可以在这里泡个澡。我去散个步再回来，大概十五分钟。你可以一边泡澡一边做决定。"

"啊——太好了。"彩月不由得笑了起来。她全身黏糊糊的，早就想洗个澡了。

等獏一离开，彩月便立刻锁上门，开始动手脱掉这臭气熏天的一身衣服。

彩月心想，这样的衣服直接扔掉算了。

正在这个时候，有什么东西"咣当"一声掉在了彩月的脚边，看起来像是一颗闪闪发光的紫色星星。

"啊，这是打败车幽灵后拿到的勋章。"

彩月将这个星形贝壳捡了起来。正当她准备检查贝壳有没有摔坏时，眼前浮现出了清少纳言的那张脸。

"将来无论发生什么事情，都不能放弃想要成为歌手的梦想。"耳边响起了清少纳言的声音。

"对啊，我和纳言拉过钩了。"

于是，彩月将脱到一半的衣服扣子又重新扣了回去。她赶忙跑到城堡外面，看见獏正一边手插在衣兜里，一边在小马的那个前院里走来走去。

"我必须快点儿回去。我根本不想卖掉自己的梦想。"

"那话费账单怎么办？"獏说着便露出了一副我和你没完的表情。彩月的心中涌起了和车幽灵、海樱花决斗时的那股勇气。

"就算是走，我也要走回去。你不要一直'话费、话费'地唠叨个不停嘛。我用这个来付话费。"

说完，彩月便把那枚闪烁着亮丽光泽的贝壳勋章递到了獏的面前。獏的脸上顿时露出了一副惊讶的表情。

"小姐，"此时的獏看上去就像是一根被霜打蔫了的茄子，他问彩月，"你……你为什么要卖掉这个？"

"大叔，现在不光你的身体是黑白色的，就连眼睛都是，你看你一下子翻白眼，一下子又瞳孔放大，"看到獏的这种表情之后，彩月确信自己已经站在了一个有利的谈判位置，"虽然我现在很需要钱，但我不可能卖掉自己的梦想，所以只能用这个来还账了。快点儿，先找我零钱吧。"

"好，好，好。"獏连说了三声"好"，然后便朝着马车的方向飞奔而去。看样子，他的内心受到了巨大的冲击。等獏重新跑回来时，鼻子两旁已经冒出了许多汗珠子。他开始忙着"哗啦啦"地清点手里那一大堆纸币、银币和铜币。

"去掉城堡小镇的门票、来回的马车费、话费以及给年魔王的贡品费，剩下的全是给您的找零。"

"我可以拿着这些钱去白色海岸吗?"

"当然可以!"獏恭恭敬敬地回答。

这个时候，路上传来了几声狗吠。

只见一个戴着鸭舌帽、手里拿着一把步枪的胖男人牵着一条黑狗走了过来。此时，即将落下西山的太阳向大地洒下了一片浓稠的橘黄色的光。

"啊，考试机器！这不是考试机器吗？"彩月大叫了起来。

因为这个男人身后拖着一个长长的龙虱影子。

考试机器也看到了彩月。不过，他脸上的感动还不及彩月的百分之一。考试机器停下脚步，只说了一句："哦，你也到这里来了啊。"

彩月走近一看，立刻被对方的模样吓了一大跳。只见考试机器干巴巴的脸上长满了皱纹，怎么看都有五十岁左右。

"我正准备去打野鸭。你要不要来我家玩玩？我家就在那里。"

说着，考试机器伸手指向了一处背对着阳光的半山腰，那里暗沉沉的。那里有一座外形修长的白色塔楼。那座塔楼看起来既像一根粗壮的白桦树树干，又像一根白色的骨头，仿佛只要眨一下眼睛，它就会消失得无影无踪。

彩月用力捶打着考试机器的肩膀，喊道："考试机器，我们快点儿去白色海岸吧！不能待在这种地方啊！"

"我说，"考试机器发出了老年人特有的那种低沉的声音，他举起空着的那只手，指着自己的左耳朵说，"我的这只耳朵有点儿背，你对着另一只讲吧。"

彩月看见考试机器这只手的指尖在微微地颤抖。

"菅原同学，你和我一起去白色海岸吧！好不好？我们现在就去！"

"白色海岸？"

考试机器双眼蒙眬地站在那里思考了一会儿，他似乎已经想不起白色海岸是什么地方了。于是，他露出礼节性的笑容说："我还没打算变成一个痴呆老人呢。我准备趁自己脑子还清醒的时候，给自己建好坟墓。我正在找一家法号比较便宜的寺庙。你已经买好自己的法号了吗？"

彩月一动不动地盯着考试机器脸上的表情。他现在就像是一只老猴子，已经不是原来那个考试机器了。

一想到将梦想卖给獏之后，自己很快也会变成考试机器现在这副模样，彩月就后怕得膝盖直打哆嗦。

"那么，再见了。"

考试机器无精打采地将手放在鸭舌帽的帽舌上向彩月道别。然后，他牵着狗，消失在了池子周围的草丛里。

"小姐，我们出发吧。"獏就像什么也没看到似的对彩月说。

当他们再次来到山顶的路障栏杆前时，獏又一次停下马车，站在岩洞前面大声喊道："请放行。"

这次，附近响起了一个嘶哑的声音："你好像不是独自返回。"

"是的，因为生意没有谈成。"

"喂！喂！"

"扑棱，扑棱。"这是拍打翅膀的声音。有一个黑乎乎的东西从洞穴里飞了出来。这是一只和人差不多大的巨型蝙蝠！

这只蝙蝠倒挂在马车的车顶上，两眼炯炯有神地仔细观察着坐在车里的彩月。过了一会儿，蝙蝠张开血红色的嘴巴，说："你这一身可真够寒碜的。我送你一个适合你的见面礼吧。"

说完，蝙蝠便飞进了岩洞。很快，他又重新飞了回来。

"砰"的一声，蝙蝠将一个长长的物体丢进了马车。

"这个只能使用一次。不过，只用一次，那也足够了。"

彩月捡起来一看，原来是一把陈旧的洋伞。

"不要说话，也不要问任何问题，"这只巨型蝙蝠察觉到彩月想要开口询问，于是便直接将她的话堵了回去，"全都交给这把伞，你要相信它。这把伞比你聪明。"

说完，蝙蝠便"扑棱，扑棱"地飞回了自己的洞穴之中。

"啊！吓我一跳。"獏拉着马缰说，"年魔王竟然会送人东西，真是闻所未闻。不过啊，我也是第一次领着客人从城堡小镇里出来呢。"

彩月刚刚向獏展示了紫色的贝壳勋章，现在又从年魔王那里拿到了礼物。这一下，獏对彩月彻底佩服了，他的态度也变得越来越恭敬，就像是彩月的小跟班。在回小镇的路上，彩月问了一些关于自己明天必须搭乘的那辆怒火特快列车的事，獏都一一作了简要的回答。

"说句实在话，怒火特快列车是一辆非常危险的列车。比起平安抵达目的地，还是无法抵达的情况多一些。因为它需要乘客具备一定的乘车技能。有一件事，请您务必牢记在心。那就是绝对不能动怒，不能生气。今晚，您就在寒舍将就一晚吧。我们会为您烧好洗澡水，我的夫人会将您的衣服洗好熨平的。明天一早，就让小的送您去乘坐怒火特快列车的车站吧。"

13.
怒火特快列车

在前滨车站的售票窗口，貘帮彩月买了一张怒火特快列车的车票。这张车票大概有明信片那么大。

"请仔细阅读车票背面的内容。"貘对彩月说。

彩月将车票翻了过来，只见背面写着：

怒火特快列车乘车规定

一、乘车时，请务必穿上列车员分发的乘车专用服。

二、入座时，请挺直腰板，保持正确

的坐姿。

三、请将送到您手中的列车便当全部吃完。

四、暴力属于危险行为。如在车内打架斗殴，乘客车厢将自动引爆。若发生这种情况，保险费概不支付。

五、乘客在车厢内的逗留时间超过规定时间以后，将以每小时为单位征收延时费。

六、使用此车票的乘客不能中途下车。

"乘坐一〇五次怒火特快列车的乘客，列车已经开始检票。本次列车将从二号站台发车。"

检票员是一只白鹭。彩月出示了自己的车票。对方剪完票后，便立刻'啪嗒'一声关闭了检票口。

在二号站台上，停着一辆儿童乐园里常见的那种玩具模型似的蒸汽列车，车身只有一节绿色的乘客车厢。

彩月低着头走进了车厢。

车厢里一共有六个座位，其中的四个位子已经坐了乘客。其中有一位头顶尖尖、神气十足的铅笔绅士，他身上穿着一套浅蓝色和白色的竖条纹西服。还有一位是圆柱形的鱼糕，整张脸都被烤成了香喷喷的深褐色。第三名乘客是一只身穿米色双排扣西装的龙虾，西装衣袖里套着许多对腹足。第四名乘客是一块达摩外形的橡皮，肚子上挂着一条围脖，上面写着"毅力"二字。彩月朝四位乘客点了点头，然后选了一个空位子坐了下来。她刚落座，这节小小的车厢就像遭遇了地震似的"咣当咣当"地摇晃了起来。

"本次列车前往白色海岸。即将发车！"

一只身穿黑色立领制服的乌鸦一边喊，一边走了进来。他拎着一个四角形的手提箱，箱子上系着一枚红蓝色的小旗子。看来，他就是列车员了。

"感谢各位乘客搭乘本次列车，嗞噜噜。接下来，我将为大家讲解乘车专用服的正确穿法，嗞噜噜。"

"这就是个乡巴佬，"铅笔绅士说，"满口嗞噜噜方言。"

"请大家仔细听我说，嗞噜噜。这辆怒火特快列车前进的能源动力来自乘客们的怒火，嗞噜噜。接下来，分发给大家的乘车专用背心就是用来吸收和传递这种怒火能量的，嗞噜噜。请各位将这件背心穿在衣服里面，然后尽量将自己的后背贴紧椅背。否则，就会降低背心的使用效果，嗞噜噜。"

说完，乌鸦列车员打开黑色手提箱，将里面的红色毛皮背心分发给五名乘客。

"在发车之前，请马上就要同舟共济的各位乘客各做一次自我介绍。请吧。"

铅笔绅士率先站了起来。只听见"啪咔"一声，他往前弯了一下脖子，说："我叫喷索①，是一名初中教

---

① 英文pencil（铅笔）的谐音。

师。目前，已经出版了三本和方言有关的著作。最近，撰稿和演讲的工作比学校的本职工作还要忙。大概就是这么一个情况。"

说完，铅笔绅士昂首挺胸地朝着座椅坐了下去。彩月听完后，在心里嘀咕了一句："这家伙是我讨厌的那种类型。"

接着，龙虾直挺挺地站了起来，说："我是在争夺拳击比赛轻量级冠军赛中败北的岩山虾之助的弟弟，拳击手岩山虾六。"

接着，达摩模样的橡皮慢吞吞地站了起来，用一种含糊不清的声音说："我是拥有学校午餐一级指导员资格的一口不剩。平时，我在很多学校指导学生们如何吃午餐。好了，接下来就请这位胖先生来做自我介绍吧。"

被一口不剩点名的鱼糕一下子变得满脸通红。他语气生硬、结结巴巴地打招呼说："我是关……关取鱼糕山，东……东前头 ① 第二名。在上……上一次相扑比赛中，战绩是七胜八负。"

最后，彩月从座位上站了起来。她说："我是快要迎来十一岁生日的七町彩月，将来想成为一名歌手。请多关照。"

铅笔老师一听便皱起眉头，露出一副看傻子似的表情，故意在那里大声地说："哦——你还想成为一名歌手啊！"

"可是说起做歌手，不光歌要唱得好听，人也要长得漂亮才行呢，"一口不剩马上接了一句。彩月没有因此生气，只是感受到了一种莫名其妙的敌意——她不知道大家为什么对自己产生了敌意。正在这个时候，彩月想起了獏之前的忠告：绝对不能生气。看来，大家正在试图激怒彩月。这辆怒火特快列车的车轮就是靠着乘客们的怒火来转动的。如果没有乘客生气的话，

———————————

① 关取是日本相扑运动员的一种等级名称，东前头也是。

那么这辆列车永远不会发车。因此每个乘客都想激怒别人，然后借助别人的怒火来开启自己的旅程。想明白之后，彩月反倒觉得刚才那一幕有些滑稽可笑。她嘿嘿地笑了起来。

"有什么好笑的?"

铅笔老师还想进一步激怒彩月。

彩月立刻滔滔不绝地说了起来:"那是因为你那个尖脑袋看起来很奇怪呀! 本来嘛，那里可是脑浆最多的地方，可你的呢，只有玫瑰花刺那么一丁点儿。你说自己是一个初中老师，哼! 简直就是说谎不打草稿!"

"你说什么?!"铅笔老师被气得脸色发青。凭借着这股怒火，怒火特快列车马上"咣当咣当"地开动了起来。

"就是，冒牌老师，把他赶出去!"拳击手虾六挥舞着一大堆拳头在那里喊道。

"要想证明这家伙就是一个冒牌货，方法非常简

单。来，你把我说的话写下来试试。你肯定连平假名都不会写吧。"

铅笔老师越听越气。"哐叮，哐叮"，怒火特快列车驶出了站台。

"我开始说啦，你倒是写下来看看啊！很久很久以前，在一个地方，住着一支自命不凡的大笨蛋铅笔，他有一个很俗气的名字，叫作泥田铅笔。不过，这支铅笔喜欢装腔作势，硬是称自己是喷索。当然，这个名字是假的。只要看一下户口本就知道了。那上面清清楚楚写着：泥田铅笔，左括号，出生年月日不详，是被癞蛤蟆从阴沟里叼出来的，癞蛤蟆拿他来给自己搓疣丁，右括号。咦？为什么不写啊？你果然不会写字吧，泥田铅笔先生？"

此时，乌鸦列车员飞奔到彩月身边，劝她说："前面有一段很长的下坡，嗞噜噜。列车可以轻轻松松地跑上两个小时。现在先休息一下，效果会更好，嗞噜噜。"

因为火冒三丈的铅笔老师在那里一个劲儿地嚷着

"真是没礼貌，没礼貌"。所以这辆列车现在的速度绝对称得上"特快"二字。

乘客们这才稍微放下心来，开始欣赏车窗外的风景。城镇、原野、农地、树林，还有平缓的山冈不断地出现在众旅客的视野中，然后又很快地消失了。

当列车的速度稍微有些慢下来的时候，乌鸦列车员开始走过来分发列车便当。彩月刚接过便当，便感到两手一沉。看来，这是一个相当有分量的便当。

"根据乘车规定的第三条，请各位把列车便当全部吃完，嗞噜噜。"乌鸦说。

身为学校午餐指导员的一口不剩马上露出一副"舍我其谁"的表情，信心满满地从一旁凑了过来。

"关于怎么吃这个便当，将由我——一口不剩为大家进行示范。首先，让我们充满活力地打开便当盖子。啪！"

彩月干劲十足地打开便当盖，她的喉咙里便立刻发出了一阵"唔唔"。好奇怪的气味。冰凉的白米饭上铺着一层黏糊糊的东西。有鱼头、黄瓜、豆芽，还有香蕉和橘子罐头那种颜色的东西。所有东西都被煮成了一道大杂烩，然后用醋和酱油进行调味。在学校午餐中，彩月最吃不惯的就是这种乱炖一通的菜了。

"要好好咀嚼，好好品尝。咀嚼频率为一分钟五十次，至少要持续二十秒。"

一口不剩将胸前那条写着"毅力"的围脖拿了下来。那里露出了一个刻度盘。他把刻度盘上的按钮设定成咀嚼频率一分钟五十次，持续时间为二十秒。

然后，一口不剩将被胡须盖住的嘴巴上的拉链拉开三分之一，像狗那样把嘴凑近便当，说："来吧，各位，像我这样做，无论多么难吃的东西，都可以开开心心地吃下去。好，预备！"

不过，这个便当已经难吃到任谁都无法吞进肚子里的程度。

"嘿！加油！毅力！毅力！"一口不剩叫了起来。只见他一脸急躁地降低了肚子上那个刻度盘的咀嚼频率，提高了吞咽的速度，狼吞虎咽地吃了起来。

"按照规定，不吃便当的乘客要立刻下车，嗞噜噜。"乌鸦喊了起来。

大家一听，心里都不由得生出了一股怒火。列车也因此加快了行驶的速度。原来，前方有一段陡峭的上坡路，列车员不得不趁现在激怒大家。

由于职业习惯，一口不剩无法忍受大家这种一脸嫌弃的吃饭态度。

"不要吞！要咀嚼！要品尝，要咀嚼！"他一边瞪大眼睛在那里四处张望，一边生气地说，"那边那个女孩子！你在磨磨蹭蹭什么！嘴巴再张大一点儿。像我这样仔细地咀嚼，那些淀粉就会变成糖分，会产生一股甜味。"

一口不剩觉得，就算是赌上那张学校午餐一级指导员的证书，他也一定要让大家把所有食物都吃完。

正当五名乘客被便当弄得筋疲力尽的时候，乌鸦走进来说："便当费，每位两千日元，嗞噜噜。"

"这种东西竟然还要收钱！"铅笔叫骂了起来。列车的速度一下子又提升了不少。

达摩模样的一口不剩突然将嘴巴上的拉链全部拉开，并将刻度盘上的咀嚼次数归零，然后一口气把剩下的便当全吞了。看来，就连拥有学校午餐一级指导员证书的一口不剩，也无法再咀嚼这个难吃的便当。

"好了，我来帮你。"

说着，一口不剩来到已经快吃不下去的拳击手虾六身旁，强行将饭菜塞进了对方的嘴巴里。

"混蛋，混蛋，喉咙要被堵住了。"

虾六气得快要发疯了。列车头"咻咻"地冒出白烟，动力十足地爬上了山路。

"吃完之后，感觉好恶心啊。"

彩月勉强把便当里的东西全都吞了下去。要怎样才能消除嘴里这股恶心的气味呢？正在这个时候，眼前的鱼糕山烤成黄褐色的表皮散发出一阵诱人的香味。于是，彩月便试着拜托对方说："不好意思，能不能让我多闻一下你的香味？"

这个鱼糕山可能对彩月有些好感。只见他一边露出羞涩的笑容，一边轻轻地点了点头说："好……好的。"

彩月将脸靠近鱼糕山，使劲儿地闻了几下气味。她胸口的那股恶心感这才减轻了一些。

"让我也闻一下。"拳击手虾六也将自己的脸贴近鱼糕山的肚子。他伸出舌头舔了舔，说："啊——感觉舒服多了。啊——好美味啊。"

然后，那个铅笔老师连问都没问，就直接低下脑袋，"咣当"一声撞上了鱼糕山的肚子。鱼糕山的肚皮一下子破了个口子，铅笔老师二话不说张口咬了下去。

一口不剩也很自然地走了过来。他厚着脸皮拉开嘴巴上的拉链，开始"咯吱咯吱"地咬起鱼糕山的肚子。

身为关取的鱼糕山不知道是不是过于迟钝的缘故，竟然一脸平静无事的模样。这时，列车驶进了隧道，车窗玻璃变成了一面镜子。鱼糕山在那上面看到了自己的身影，还有一些白色的圆点。他一边说"是……是雪吗?"，一边将脸贴在了玻璃上。等他发现那些白点竟然是自己肚子上的东西时，鱼糕山顿时感到有一股怒火直冲脑门。

列车开始飞速地往前行驶。鱼糕山不顾一切地从位子上站了起来。正当他准备朝着一口不剩走过去时，乌鸦列车员立刻飞奔了过来。

"如果打架闹事的话，列车就会自动爆炸。这种时候，您更应该坐直身体，把后背紧紧靠在椅背上，嗞噜噜!列车马上就要进入那条最危险的火山街了，嗞噜噜!"

乌鸦说得没错，列车正在不断地朝着大山深处驶去。空中那团怪异的浑浊气体正变得越来越大。

在这片火山带中，光是正在喷发的火山就有二十八座。火山街贯穿了整片火山带的中心区域，长达一百千米。此时，列车已经驶入这条火山街。

车厢里变得越来越闷热，大家都感到难以呼吸。虽然所有车窗都关闭着。可是车厢内依旧充满了一股呛嗓子的硫黄味。

列车正行驶在一段极其陡峭的上坡路上，就连怒火冲天的鱼糕山都无法为列车提供足够动力。列车开始缓缓减速。

四周热气弥漫，时不时就会出现轰隆隆的巨响和剧烈的摇晃。着火的岩石和炙热的岩浆在飞速地流蹿。到处都在发生小规模的火山喷发。

"咣当，咣当，咣当。"

列车停了下来。正当大家以为车子就要这么原地不动时，列车又开始"哧溜哧溜"地往下滑去。而这个下滑的反作用力同时又让列车往前蹿了一小段距离。就这样，整辆列车进进退退了几次之后，终于完完全全地停住了。彩月擦了擦车窗玻璃往外看，发现在那片白色烟雾中，正横躺着好几辆凄惨的怒火特快列车。那些乘客车厢大概都已经烧光了吧。这里简直就是一片列车墓地。

"真可怕，"全身上下都被烤得红彤彤的虾六说，"这可怎么办才好啊？"

"干脆往这家伙身上撒点儿盐吃掉算了。"彩月一边擦汗，一边建议。

"不对，要我说，应该涂点儿蛋黄酱才好吃呢。"铅笔老师接了一句。虾六一下子火冒三丈。列车"咣当咣当"地动了起来。

不过，列车没能成功翻越下一段上坡路。它再次停了下来。

"没有什么办法吗，列车员同志？"一口不剩问，"已经没有便当了吗？"

大家一听，都哭笑不得，连生气的力气也没有了。看来，所有乘客都已经筋疲力尽。

"这种时候，除了大家齐心协力，一起生气之外，没有别的办法了，嗞噜噜。"

于是，所有乘客异口同声地高喊着"一、二、三"，然后一起做出生气的样子。不过，这种做做样子的怒气毫无效果，只有那种从内心深处喷涌而出的怒火才有用。只是事到如今，谁还顾得上生气呢？绝望的大伙只能对自己的命运唉声叹气。

"就算到了这种时候，我们也还有可以做的事情，"彩月说，"这可以说是不幸中的万幸。铅笔老师和一口不剩都在这里。我们要做的就只有一件事——现在不正是我们各自写遗书的时候吗？"

"这个建议到是稳妥。或许，我们就应该这么做。"虾六附和了一句。

"从我开始吧。"

说完，彩月突然一把捏住铅笔老师的脖子，用力地将这根铅笔斜按在妥当的包装纸上。"嘣"的一声，笔芯断了。铅笔老师直接被气到青筋暴起。

"你是故意的！"

"这支笔可真是脆弱。看来，不削不行。"

"请……请用这……这个。"

鱼糕山说着拿出了一把小刀。彩月接过小刀就是一通乱削，笔芯又断了好几次。然后，她在纸上写下了"YI 书"。

　　"果然，不全部用汉字写的话，就没有那种庄重的感觉。一口不剩先生，借你的脑袋一用。"

　　彩月拿起一口不剩的脑袋，使劲儿地擦掉了刚写好的字。一口不剩的脑袋被铅笔芯的颜色弄得黑乎乎的。

　　"你这个家伙！"

　　铅笔老师和一口不剩全都气得火冒三丈。怒火特快列车沉重的车轮又开始转动了起来。

　　"你给我等着！"

　　即使被气得快要吐血了，一口不剩和铅笔老师也仍然记得自己应该做的事情。他们将自己的后背紧紧地靠在座位椅背上。

　　终于，大家来到了最后也是最艰难的一道险关。这是一座横跨五千米山谷的铁桥，名叫倒退铁桥。这座铁桥全程都是上坡路。

在行驶途中一旦失去动力，列车将会不断倒退，甚至一路退回铁桥的入口处。

彩月乘坐的这辆列车也遇到了同样的问题。当行驶到铁桥差不多四分之一的地方时，列车便倒退了起来。最后，整辆列车停在了入口附近的铁桥上。

桥底下是一片深灰色的山谷，看上去深度差不多有两百米。大风在山谷间呼啸而过。列车一边在风中摇晃，一边发出"咻琳咻"的声响。

大家都感到束手无策。时间就这么一分一秒地流逝了。

乌鸦列车员看着钟表说："这辆列车的乘车时间是十个小时。现在已经进入超时阶段，嗞噜噜。我将第一次向各位征收超时费。"

乌鸦故意用了一种满不在乎的语气说话。他想通过这种方式来激怒乘客。可是，大家只是感到一丝不悦，然后便爽快地付了钱。

"我要向各位征收第二次超时费。"

乌鸦的这句话同样也没能成功地激起乘客的怒火。

这个时候，铅笔老师指着彩月说："这次轮到你生气了。我们已经气得筋疲力尽，你这家伙却还一副若无其事的样子。"

"就是。这个女娃还没生过气。她还有力气。"一口不剩也在一旁附和。

"快生气！现在轮到你出力了，"虾六扬起下巴，命令彩月说，"我们四个命令你现在就开始生气。"

"说什么命令不命令的，你们现在难道不应该礼貌地拜托我吗？"彩月泰然自若地回看了对方一眼。

铅笔老师沉着脸表示："她说得对。各位，我们只能拜托她。我们一起来拜托这个孩子吧。"

"拜托了。"虾六憋着气说。

"不行。你们恳求的态度不对，"彩月一边摇手一边说，"你们要发自内心地求我。比如像这样，'就算让我们给你舔鞋底也没关系，求你了！'要这么求我。

你们四个重新来一次！"

于是，四位乘客又重新行了一个最高级别的礼，说道："务必拜托您了，请生气吧。"

"你看看，你看看，和脑子不灵光的家伙打交道，就是累，"彩月语带嘲讽地说，"因为这种家伙每次都只能看到一个问题。既然列车的动力能源不足，那就给列车减负好了呀！首先，乌鸦！你的脸皮好厚啊，身为列车员，明明长着一对翅膀，却露出一副事不关己的黑脸，和乘客一起坐在车里。现在是摆架子的时候吗？你给我出去，往自己的脖子上套一根绳子什么的，去前面拉车！剩下的全都下车，站在车后面用力推。下车以后，你们的体重就没有了，车子也变轻了，而前面拉车的和后面推车的动力反而增加了。"

"那你做什么呢？"一口不剩问。

"我要是动了的话，那接下来可怎么办哦？我可是这趟怒火特快列车上唯一剩下的一名乘客了呀。我必须坐在这里，将后背紧紧地贴在椅背上。你们一个个要体力没体力，要毅力没毅力，看着就让我生气。我就得坐在这里，负责生气的呀。"

"原来如此。"一口不剩表示赞同。这个时候，鱼糕山扯着沙哑的喉咙拼命地问："我有疑……疑问。如果列车顺……顺利开动的话，那我……我们几个该怎……怎么办？"

"到了那个时候，你们就可以偷着乐了呀！因为没有需要推的东西了，你们一下子就变轻松了呀！"

"你这……这个混蛋！胡说八道！"一口不剩气得满脸通红，大声骂道，"没……没见过像你这么自私自利的人。你竟然只顾着自己！"

虾六也一边不停地挥舞着紧握的拳头，一边控诉道："你之前竟然想撒把盐把我吃掉！"

"你还故意弄断我的头，把我的头变得这么小！"铅笔瞪着眼睛说。

"把我的脑袋弄得这么脏的也是这个家伙！"

"竟……竟然要舔……舔我。有这么奇……奇怪想法的也是这……这个人。"连鱼糕山都气得睁大了眼睛。

面对任性妄为的彩月，所有乘客都从内心深处感到十分气愤。此刻，怒火特快列车开始"咻咻咻"地跑了起来。在"呜呜呜"的汽笛声中，列车驶过了整座铁桥。貘的那句"绝对不能生气"的建议，现在看来真的是非常正确。

天色暗了下来。怒火特快列车平安抵达了蜡笔王国的白色海岸站。

彩月走到大家的座位跟前，向每一位低头认错："惹大家生气了，对不起。"

"哎呀，你可真是聪明伶俐啊！"铅笔老师满脸微笑地夸起了彩月。

"说起来，多亏了你巧妙地引我们生气，我们才能平安抵达这里。"一口不剩说。

"我……我要感谢你。谢……谢谢。"鱼糕山也向彩月表达了自己的谢意。

只有虾六什么也没有说。大概是因为之前彩月说要吃掉他，这让他受到了很大的刺激。不过，当虾六下了列车走出检票口时，他摇晃着自己长长的触须，跟彩月告别了好几次。

已经筋疲力尽的四名乘客立刻各自走进了车站前的旅馆。只有彩月一次也没有生过气，所以依旧精力充沛。于是，她马不停蹄地朝着白色海岸出发了。

14.
在白色海岸

空气里弥漫着一股海潮的气味，所以即便走夜路，彩月也能立刻分辨出大海的方向。

彩月一边拿着那把破旧的洋伞晃来晃去，一边穿过没有人影的寂静街道。低矮的海桐看起来就像一只只蹲坐在那里的黑色动物。彩月穿过这片海桐，继续往前走去。接着，鞋底出现了踩在沙子上的那种沙沙作响的感觉。

放眼望去，四周全是白色的海岸。今晚没有月光。彩月无法看清或感知这片海岸到底有多大。但是，因为完全听不到海浪的声音，所以这片沙滩应该非常广阔。

我的影子就在这片沙滩的某个地方，彩月心想。

可是，彩月根本不知道影子在哪里。清少纳言说，鲤鱼旗的影子直接扑到了原来主人的身上。那么，彩月的影子看到彩月之后，也会飞扑过来吗？

为了告诉影子自己已经来到这里，彩月边走边唱了起来。

请帮帮我

另一个我

我一个人拿不下

因为手提箱里装了太多的东西

如果是你的话

一定会像一把尖刀似的刺破苍穹

帮助我从那里逃脱

如果是你的话

一定会在心窗上

温柔地拉上蕾丝窗帘

对我道一声，晚安

　　沙滩还在继续往前延伸。彩月一边摇晃着手中的洋伞，一边脚不停地往前走去。奇怪的是，她一点儿都不累，而且也不觉得困。

　　当她听到海浪声时，东边的天空很快便开始蒙蒙亮了。

　　眼看着天空变得越来越亮，彩月开始觉察到自己脚下的这片沙滩像沙漠一样辽阔无际，充满了一种不可思议的气氛。除了灰色的沙子和灰色的大海之外，这里明明就只有她一个，看不到其他任何东西的身影，可是似乎有无数的视线和无数的意志像雾霭从四面八方涌了过来。

　　红指甲似的太阳冲破了地平线。沙滩上一下子响起了一阵欢呼声。

这片白色的沙滩上立刻涌现了一大堆东西。有颜色在发光，有声音在呼喊。

海岸上的景色瞬间发生了改变。那里出现了猴子。一大队人马正在向前行进。一群骆驼走了过来。本以为是一支几百人的军队，再一看，才发现原来是一群羚羊在发了疯似的跳来跳去。

影子们重生了。它们得到了肉身。

"啊！你也来这里了啊。"彩月忍不住叫了出来。她看到河童神了，对方有一身像雨蛙似的草绿色的光滑皮肤。

"你是谁？算了，无所谓，恭喜，也恭喜你哦。"

河童神向彩月伸出了一只滑溜溜的手。彩月只好和对方握了握手。

啊——河童的影子重生了，彩月心想。

"好了，我要赶紧回鱼守神社去。池子里的鲤鱼们在担心我。"河童神说。

如果这个河童神回去了，那么另一个没有影子的河童神该怎么办？大概只能躲到哪个角落里了吧。这或许也是彩月即将面对的命运。

如果新的那个"我"已经出现了的话……

一想到这里，彩月就吓得后背发凉。这时，太阳已经完全变成了一个球形，一跃升到了海面上。红色的阳光斜斜地照着这片白色海岸。

那张身为罪魁祸首的清少纳言的读牌出现在了彩月的眼皮子底下。正是弄丢了这张纸牌，为了追它，彩月才会被卷入后来的一系列冒险之中。

彩月蹲下身子，将纸牌捡了起来。这时，她发现自己的黑影落在了这张纸牌上。

她有影子了！

彩月忍不住跳了起来。她一会儿挥挥手，一会儿又抬抬腿。黑色的影子也跟着彩月动了起来。原来，影子昨晚听到彩月的歌声之后，就已经回到了自己的主人身上。

真是千钧一发之际啊！如果彩月昨晚和铅笔老师、

一口不剩他们一起留在旅馆过夜的话，那么她的影子此刻已经变身成彩月本人了。

"什么呀！阿月！你在这里啊！"考试机器跑了过来。

"考试机器，你也平安无事啊！你从貘的城堡小镇里出来了啊！太好了！"

"貘的城堡小镇？"考试机器歪着头说，"我只记得自己在关卡一样的地方被机器人赶了出来。那之后的事情，我都不记得了。虽然总觉得好像发生了很多事情，可是我全都忘了。"

彩月这才意识到，这不是考试机器本人，而是考试机器的影子重生后的另一个人。

此时，整个沙滩上响起了一片响亮的歌声。一大群鹈鹕正在进行一场盛装游行。

　　我的影子不怕生

　　无论和谁，无论在哪儿

手拉着手

跳啊，跳啊

汽车顶部，大楼墙壁

在零食堆积的小山上，石头剪刀布

啦啦啦，啦啦啦

活着，活着哦

我的影子

　　当唱到"石头剪刀布"的时候，鹈鹕们"啪"地张开了粉色的大翅膀，展现出"布"的形状；"嘎"的一声，抬起半开半闭的嘴巴，显现出"剪刀"的样子；缩起脖子，将整个脑袋钻进羽毛下面，使整个身体变成"石头"的模样。这三个动作整齐划一，整个游行队伍协调一致，精彩万分。

　　正当彩月看得入迷的时候，考试机器问："喂，你为什么拿着这把破伞啊？"

　　"这是很重要的东西。"

"让我看看！"

"不行。"

为了不被考试机器抢走，彩月将伞高高地举了起来。

忽然，仿佛有一股电流窜入了彩月举着伞的那只手。彩月吓了一跳。抬头一看，她发现那把伞一边不断地往上伸长，一边缓缓地展开。

"嘀嘀嘀，嘀嘀嘀。"

耳边响起了一个奇妙的声音。握在彩月手中的伞柄发出了一道亮光。

伞里有一个声音在说："请将刻度盘准确拨转至你想去的那一天的日期，请保持沉着和冷静。"

彩月不知道该怎么办，只是呆呆地站在那里。

考试机器的一双小眼睛此刻瞪得像盘子一样圆。他看着伞柄上面的按钮说："刻度盘在这里。这里有数字。"

他一下子就明白了这把充满魔力的伞对他们来说

意味着什么。

"我们可以回家了，阿月，快点儿转动刻度盘。"

"转到什么……什么时候？"

"我们不是去多闻天王寺了嘛！撒豆活动啊，是二月四日。"

于是，彩月将刻度盘转到了考试机器说的那一天。

"请握紧。"

伞的声音刚响起，彩月和考试机器就感到自己的身体飘了起来。"咣当"一声，他们好像撞上了一面白墙，瞬间失去了意识。

15.
快乐的病房

此时，阿月的妈妈正目不转睛地盯着女儿呼呼大睡的脸庞。

昨天，妈妈也是这个样子，前天是，大前天也是。

从阿月被人发现倒在城堡旁边的那片松树林里之后，已经过去了十天。

阿月身上没有任何伤痕，既没有发烧，也不像有什么难受的地方。从住院以来，她就一直处于这种昏睡状态。

如果阿月就这么一睡不醒，最后变成植物人

的话……

这么一想，妈妈的内心就变得万分焦虑。她不断地跟阿月说话，一会儿将手放在女儿的额头上，一会儿又摇摇那只没有挂点滴的胳膊。可是，阿月没有任何反应，只是从她微微扬起的、平静的嘴角传出了有节奏的鼾声。

菅原同学之前也是这个样子，阿月的妈妈心想。

这是她现在唯一的精神支柱。菅原达人同学和阿月以同样的状态被人同时发现，两人被送进同一家医院的同一个病房，并排躺在两张病床上，就那样昏睡了四天。到了第五天，菅原同学睁开那对小眼睛，像婴儿似的打了一个哈欠，说道："怎么了？出什么事了？难道……难道这里是医院？我猜对了。"

菅原同学在苏醒的当天就完全恢复了健康。傍晚的时候，他出院了。

"这位小姐也一定会这样康复的。"医院里的医生们全都异口同声地这么安慰阿月的妈妈。

"没事的，每一项检查都没有发现问题。彩月妈妈，你也别担心了。你可以在这里织织毛衣什么的。"一名五十岁左右的护士对阿月的妈妈说。妈妈刚好正在给彩月织一件充满春天气息的柠檬色对襟毛衣。于是，她便按照护士的建议，将刚织了个头的毛衣带到了病房。可是，妈妈只织了一次，就立刻将这些东西束之高阁了。因为，她想起了某首流行歌曲里的一句歌词："我正在含泪编织一件你不会穿的毛衣。"如果真是这样的话，那可就糟糕了。

阿月的妈妈另一个烦恼是，她还没有把这件事告诉远在南方小岛上的丈夫。医院的医生说，彩月肯定会没事的。菅原同学也完全恢复了以前的样子。如果说出实情，那个把阿月当作命根子的爸爸肯定会抛下所有工作，从那座南方小岛飞回来。到时候，万一阿月一脸精神地问"爸爸，到底发生了什么事呀"，那可就麻烦了。

因为一直惦念着"马上就会醒，马上就会醒"，所以阿月的妈妈反倒无法下定决心把这件事告诉阿月的爸爸。

"啊，医生。"

走廊上响起了一阵拖鞋声。阿月的妈妈目光紧紧盯着声音的方向。

"阿姨好！"

这是从菅原同学的嗓子里发出来的又尖又细的童音。他虽然已经回学校上课了，但是每天都会过来看望阿月。

"阿月还没有醒吗，阿姨？"

"是啊，还是老样子。"

菅原同学朝着病床走了过去。阿月的妈妈则走到了病房外的走廊里。她准备去医院的小卖部买一个小蛋糕什么的请菅原同学吃。

最后，阿月的妈妈买回了两个蛋糕和一杯热咖啡。

阿月的妈妈刚推开病房大门，就听见"哇！"的一声，吓得她差点儿连呼吸都停了。一瓶罐装果汁从她的手里掉落下来，砸在地板上，发出了尖锐的声响。

原来是菅原同学故意躲在门后吓唬阿月的妈妈。阿月的妈妈一脸茫然地呆立在原地。她没想到菅原同学会在这种时候干这种恶作剧。

"吓到了？那我们就算是扯平了。这是阿姨刚才戏弄我的回礼。"

阿月的妈妈完全没听懂菅原同学的意思。就在这个时候，她的耳边响起了阿月的声音："你这也太过分了。"

阿月睁着一双大眼睛，看到妈妈不顾一切地扑到病床跟前，把整张脸贴到她的面前。那张脸上的眼泪就像瀑布似的"哗啦啦"流个不停。

阿月的妈妈高兴坏了。不过，她立刻意识到要把阿月苏醒的消息告诉医院的医生。于是，她赶紧朝着住院楼的护士值班室跑了过去。

一身白大褂的医生正在那里热情地和人讲着话。当那个人转过脸来的时候，阿月的妈妈忍不住叫了起来："孩子她爸！彩月……刚刚……刚刚醒过来了。"

身穿白大褂的医生"啪"的一声站了起来，那动作就像一个上了发条的人偶。接着，他声音洪亮地说："彩月的爸爸，你来得可真是时候啊！你做事真高效，走，我们一起去病房看看。"

医生一边大步流星地走在前面，一边提醒依然脸色苍白的阿月的爸爸，等一下不要让病人说太多话。

"不管怎么说，毕竟昏迷了十天。接下来，需要好好静养。"

不过，阿月看到满脸不安的爸爸走进病房时，只是用很平常的语气问："什么呀，爸爸，你回来啦？你的工作已经结束了吗？"

"嗯，结束了。应该可以说是结束了吧。话说回来，你可真够精神的啊。"

"如你所见，我现在可是活蹦乱跳的呢。"阿月说。

菅原同学不知道什么时候已经离开了病房。

"爸爸接下来会在家里好好休息吗？"

"嗯。"爸爸点了点头。

"不建港口了吗?"

"不建了。爸爸已经彻底输给了沃纳博士。"

"这样啊,我感到很高兴。"阿月说。

"那你接下来就不用回去了吗?"妈妈问。

"又有了新工作。这次,我得带彩月一起去。真是不像话呢。听说,你给国王打电话了?"

"啊——那个人是国王?我还以为是沃纳博士呢。"

"彩月那次唱的歌好像特别不错。国王把那首歌唱给我听了。"

"孩子她爸,你在说什么啊?"一旁的妈妈打断了两人的对话。

"就是这首歌啊!"说着,阿月便唱了起来。

去稍微休息一会儿,怎么样?

没必要这么着急

去白色海岸

听听海浪的声音吧

"真是一个让人头疼的闺女，"医生轻轻地嘀咕了一句，"像这样的病人，最晚明天就得强行让她出院。"

"国王在唱这首歌的时候，忽然改变了自己原来的想法。与其建造一座巨型港口，还不如在今年夏天，在那个白色海岸举办一场盛大的歌舞大会，吸引全世界的人来参加。然后，国王想邀请彩月去当大会的形象代言人。爸爸这次突然回来就是为了告诉彩月这件事。没想到，彩月竟然发生了这样的事情。"

"我要是不发生这件事的话，就不会有爸爸说的那件事啦。"阿月说。只是，没有人知道她究竟在说什么。

后记

当我走进一家规模较大的书店时，往往会看到店里设置了两个童书专柜。其中一个专柜摆放着像这本书一样的儿童文学书，另一个专柜则主要出售连环画和漫画书。令人遗憾的是，孩子们往往都站在后一个专柜前。

"那边的人站了那么多，可是这边的人寥寥无几。"

我一直想把那些拥挤在连环画和漫画书专柜前的孩子，领到这个读者稀少的儿童文学书专柜前。

我怀着这个目的写下了这本书。如果那些爱看连环画的读者中，有人在看了我的这本书之后，发现这种全是字的书竟然也有意思，那么对我而言，这将是一件非常幸福的事情。

话说回来，在阿月苏醒之后，都发生了哪些事呢？阿月在放暑假时，作为歌舞大会的形象代言人，在那座南国小岛上度过了梦幻般的三天时间。现在，她是一名普普通通的小学六年级学生，一边憧憬着将来能够成为一名歌手，一边过着当下的每一天。

考试机器后来怎么样了？让我们去他的教室看看吧。现在刚好是课间休息时间，孩子们都在谈论今年去箱根秋游的事情。

"去年，我们去爬高尾山的时候，下了一场雨，弄得满身都是泥呢。"

"是吗？"考试机器呆呆地问。

"什么呀，小达，你都忘了吗？"

"嗯，记不清了。"

"喂，你最近的忘性也太大了吧。"

考试机器听了这话一点儿也没生气，他笑了笑，满不在乎地挠着头。

只有阿月知道考试机器的秘密。因为现在的这个考试机器是影子变的，所以在没有影子的下雨天，考试机器是没有任何记忆的。真正的考试机器或许正安静地躺在城堡小镇那个他自己建造的墓地里吧。

一开始，阿月觉得考试机器非常可怜。不过慢慢地，她感到还是现在这样比较好。虽然考试机器不像以前那么擅长学习了，但是他豁达开朗了许多，大家都很喜欢他。现在回想起来，那些下雨天里被他爸爸强迫去学习的经历，在很大程度上改变了考试机器原本开朗活泼的性格。如今，"考试机器屎尿多"的绰号已经没有人用了，大家都叫他"小达"。